攻占运动场

刘祥航 ◎ 著

人民体育出版社

【目 录】

第三部分　　休闲与自我挑战篇

/ 附　录 /

/ 推荐序 /

全民运动不是梦

　　运动是一种重要的社会文化现象，也经常被先进国家视为国力指标。运动不但具有健身的功用，更有高度的娱乐价值，可丰富人们的文化生活，对于正处人格发展关键的青少年来说，运动正是最佳的休闲选择。

　　具体而言，在观赏比赛中，青少年可欣赏许多力与美的表演，感受比赛戏剧化的紧张变化，通过亲身参与，青少年更能活动身心、锻炼体魄，并且可在团队参与争取成绩的同时，学习如何与人相处、合作，这也是欧美、日本等先进国家为何从小就重视学生建立正确运动观的重要原因。

　　站在体育机构的立场，我非常乐于见到更多人从事运动的著作及推广，让青少年有机会多认识运动的趣味及重要性，经过了解运动，进而喜爱运动，乐于从事运动，达到身心健康的目标，这也正是推广全民运动的一个重要理想。

《攻占运动场》这本书介绍了目前我国台湾省及国际各类重要的运动，包括起源、基本观念及规则，是青少年进入体育世界非常有用的入门参考，特别是第一部分所提到棒球、篮球及足球三大运动，都是目前积极推广的重点。我们看到从2001年世界杯赛热烈展开后，关心棒球的人气重新聚集，我们也正努力促成两职棒联盟的合并，棒球运动在台湾省已有回春的情况。篮球方面，我们努力推动"超级联赛"的举办，让球员能有更好的运动舞台。足球更是我们走向世界的重点项目。

本书第二部分谈到的各类运动，介绍了田径、游泳、各类球赛等世界各国长期发展的运动，在台湾省都还有很大的发展空间。拟定短、中、长期计划，搭配教育、文化、经济等等其他因素的发展，"依计行事、确实执行"，相信未来都会看到成绩。

本书第三部分提及的新兴运动，在台湾省多数均有蓬勃发展。像年轻人相当喜爱的"极限运动"，可以满足青少年追求快感的欲望；我们把极限运动这项目前是世界潮流的东西导入台湾省，能让我们的小孩子多一个健康的选择，远离违法或危险的活动。

日本著名运动学者高桥健夫曾提出运动的多功能目标，包括健康、体能、丰富余暇生活、社会联系、人格形成等，均有待学校及学生具体实践，而这一切都应从"认识运动"做起。《攻占运动场》这本书提供了青少年认识体育运动的途径，期待我们的青少年都能爱好体育运动，养成运动习惯，快乐、安全、健康地成长。

中国台湾省"行政院"体育委员会主任委员 林德福

/总 序/

二十"e"世纪学校体育观

　　二十"e"世纪，是快速学习的时代，更是追求健康的时代。长期以来，由于人们对速食、速效的错误观念，导致对现代科技过度依赖与不当使用，造成许多"运动不足"的症状，如肥胖、腰酸、下背疼痛、心脏病、高血压及血管循环系统的疾病等等，这些症状不仅造成国家医疗的庞大支出与浪费，而且直接影响个人的学习、降低工作效率，导致身心失衡而影响生活的品质。

　　因此，如何让人们在享受现代科技文明的便利之余，仍能拥有理想的健康和体适能，并减少心脏、血管疾病等危险因素的侵袭，乃是今日教育、体育、医疗、公卫、经济、社会等相关单位的重要课题。学校体育对此时代的变化，已规划前瞻性的对策，以学生生活体验为核心，发展出学校本位课程的适性化模式，企盼达成全民健康的理想教育目标。身为二十"e"世纪的时代青少年也必须跟得上时代，能主动参与各项运动，享受运动的乐趣，增进运动保健的知识，养成正确与规律的运动习惯，提升体适能，方能有健康生活的人生。

正视体适能发展的教育

什么叫作"体适能"？"e"世代的你可不能不知道！从前"骑"车、"上"网、"打"球、"跳"舞等等拉风的活动，早已被"e"世代视为"落伍"了，仿佛如不"飙"一下，就不够酷、不够炫，取而代之的是"飙"车、"飙"网、"飙"球、"飙"舞……但是，你可知道，从"骑"到"飙"，看似一字之差，不过只差一小步而已，其实，它对人类体能的挑战，却是好大一步。"飙"，它代表着速度快、体能好，反应敏捷，而且机智聪慧。你看，当你就地弯腰→捡球→然后投篮，这些不过是雕虫小技，顺手拈来，有谁不会？但是如果要你"飙"过去→弯腰→捡球→快速上篮或跳投，嘿！那可就要有很好的肌力、爆发力（这些是肌肉适能）、柔软度、全身协调能力（属于心肺适能）和专注的能力，而且还必须硕壮，绝不可太胖（属于身体组成），这绝不是一般人都能做得到的，这些都是体适能组成的要素。

有人说："我年轻，所以我打全场。"其实并不是年轻人就可以打全场！你必须要有良好的体适能，才能享受在球场上飞跃奔跑、汗流浃背、百步穿杨、雄姿英发的光彩与乐趣；否则，心有余而力不足，就只能作壁上观了。不只是这样，我们生活周遭，一切事务的学习、应变与处理，亦都需要有良好的体适能方能应付。而体适能越好的人，在成长发展与自我学习各方面，就越能事半功倍，应付裕如了。

"体适能"到底是什么？简单地说，体适能可分为两种：

一是与健康有关的体适能，美国运动医学会所认定之体适能构成要素有四：

1. 心脏适能——指心脏输送血液和氧气至全身的能力。

2. 肌肉适能——指肌肉的力量（肌力）和肌耐力。

3. 柔软度——指无痛且自如地移动关节的能力。

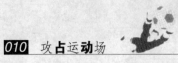

4. 身体组成——指脂肪占身体体重的百分比。

二是与运动技能有关的体适能，这是除了上述的能力之外，再加上敏捷性、协调能力、速度、反应时间、爆发力、平衡力、专注力等各项能力。

这些体适能的能力何者较为重要呢？这个答案，你应该很容易就可以看出来，它并非单纯的选择题，而是相辅相成的；与健康有关的体适能，更是你我均必须具备的。你或许要问：体适能有什么用呢？嘿！它可还真是神通广大，十八般武艺都还得靠它呢！例如：

1. 肌力好的人，在日常生活学习与工作上较不易疲劳，而行有余力，可以轻松地兼顾其他活动。

2. 柔软性好的人，身体活动自如，体态优美，运动时较不易抽筋，肌肉也较不易酸痛。

3. 脂肪适中的人，手脚轻盈，较健康。脂肪一堆积，体重就会增加，行动就会不方便，会增加心脏的负担，影响散热的能力，所以运动时，较易疲劳。脂肪多，血脂会较高而造成高血压、糖尿病、心脏病等症状。肥胖会使人动作笨拙，降低协调能力，破坏优雅的体态，甚至影响人际关系。

4. 体适能好的人，精力充沛、神采奕奕。体适能不好的人，神经肌肉紧张度较高，安静时脉搏数较高，较易喘气，容易疲劳，疲劳后恢复较慢，注意力较不易集中，较无信心，甚至较容易老化。工作或运动时，你是不是体力不济，或是有未老先衰的感觉呢？知道体适能与健康的重要性，就要赶快提升我们的体适能。

现在，台湾省教育部正在推动全民健康体适能"3、3、3"计划。

第一个"3"代表：

1. **每个人每周至少应有 3 天的运动。**

2. **每个人每次至少运动 30 分钟。**

3. **每个人每次活动强度，心跳率每分钟至少要达到 130。**

第二个"3"代表：

1. **认知层面——能够应用现代体育、健康的知识。**

2. **技能层面——能够展现运动技能与运动实践。**

3. **情意层面——培育正确的态度和价值观。**

第三个"3"代表：

学生、教师、家长三方面一起来支持与参与。

借这个计划，不仅可以改善健康体适能，更企盼你能知道为何（Why）要运动？如何（How）运动？而不是只有（Just）运动而已，还要让你知道，如何养成主动学习与规律运动的习惯，增加学习效率，促进发育成长及身心健康，让运动成为你我终生的乐趣。

正视休闲运动的扩展

　　台湾省的学校在1990学年度实施"健康与体育"学习领域的统整课程设计，不仅着眼于现在个人健康体适能的提升，运动行为的展现，个人认知与情意、态度的发展；更着眼于未来，希望培养每个学生终生运动的习惯和全民健康生活的管理。因此，学校老师设计适合学生学习的有关运动，经由多样化、生活化的活动内容、形式、过程与发展，透过乐趣化的学习，学生在学习的过程中，没有恐惧，也没有挫败感，在认识、了解运动的乐趣之后，会更乐于学习。如此，每个人都能亲近运动、喜好运动、享受运动，而愿意主动地、规律地运动，借此奠定终生休闲运动的基础，以确保每个人都能有健康美满的生活。

加强健康生活品质的管理

　　我们有的时候会听到学生因跑步而发生休克，甚至死亡的不幸事件。如果我们每个人在做好体适能提升之时，又能做好自我医务的监督与运动安全品质的管理，能够清楚的了解、掌握自己的身心状况，而有能力应变紧急状况的发生，就可将意外伤害降至最低程度。这些健康生活品质，便是来自于日积月累，从平时做起的：规律的运动习惯、正确的运动态度、自我的积极训练、自我医务监督和运动安全品质的管理。

自我的医务监督，就是应用医学保健的知识和技能，合理地进行身体的运动训练，以发展健康体适能，减少运动伤害或运动性疾病，确保体育运动的顺利发展，增强体适能、促进健康，以提高"e"世代青少年的体质和体育水平。在运动过程中，对自己的身体机能状况，必须经常进行检测分析，及早注意运动量的大小是否合适？运动的过程是否合宜？及早发现运动伤害的早期症状，并预防过度疲劳的产生，方能达到"建康A卡人"的理想。

自我医务监督的内容与方法，可分为"自我感觉"与"客观检测"两部分。

自我感觉：运动者要清楚地了解自己在运动时的态度、兴趣、排汗量及运动后的精神、体力、食欲、睡眠与学习效果和运动表现。

客观检测：在进行体育运动时，单凭自我感觉，还无法做到具体量化的准确描述，必须加上能全面性地、精确地反映身体机能状况的客观指标，如每分钟的心跳率、脉搏规律性、体重的升降、体适能的检测、运动的表现、运动的负荷量、心脏机能的检测等，来进行综合分析，以取得可靠的分析结果和调息。

运动安全品质的管理内容与方法：

1. 规律的生活与作息。

2. 正确的饮食与营养。

3. 体温定期、定时测量。

4. 场地安全的检查。

5. 舒适的运动服装。

6. 正确的运动程序：热身活动、主要活动、综合活动。

7. 合理的运动量。

8. 渐进的运动原则。

9. 避免伤害性的习惯：如吸烟、酗酒、滥用药物（海洛因、摇头丸、兴奋剂等）均属破坏健康的习惯。

10. 自我卫生的要求。

11. 月经的认知与卫生保健。

12. 有效地消除疲劳：可通过有效的睡眠法、洗温热水法及动态性休息法来达到。

13. 压力的管理：利用规律的运动和生活来调配身心，可减低压力，最好的方法就是保持愉悦、乐观进取的心情，不为自己制造压力。

14. 肌肉的放松训练：可利用按摩和伸展操及肌肉放松术，来放松肌肉的紧张度。

15. 预防肌肉和韧带的拉伤。

16. 做好运动伤害的处理。处理原则为：马上休息（静止）→冰敷→压迫→抬高患部。尤其要注意，不可任意摇动患部，以免造成微血管的过度出血。

结束语

在科技文明突飞猛进、人人追求快速学习与健康生活的二十"e"世纪，"e"世代的你要赶快主动地参与健康与体育的运动学习，享受体育课的乐趣，无论是跑步、游泳、打球或骑车……快快找到你的最爱，并邀约好友共同分享。如果你能规律地养成运动的习惯，体适能提升了，快乐、学习、健康也就跟着来！

中国台湾省台北师范学院总务长　何义和

/自 序/

同心协力
攻占运动场

　　一支球队绝对无法单靠明星选手一人而存在，同样地，一本书也常常不是作者一人能独立完成的，特别是这本《攻占运动场》。

　　这本书编修自《幼狮少年》2001年的年度专辑，事实上，专辑的原始企划来自《幼狮少年》的编辑群。正是因为他们长期关心青少年，而注意到青少年其实应该培养更多的兴趣，体育正是对身心都有益的休闲活动，无论是实际从事运动，还是在旁欣赏，对个人兴趣培养及成长都会有帮助。我很荣幸能帮上忙，搜集与整理资料，将它写成专栏，尽个作者的本分。而我也相信，这会是对青少年有益的一本书。

　　因为这本书并非原创性高的作品，写作上大致有两个主要的困难：首先，体育规则经常是繁琐无趣的，所谓"基本精神"也不容易讲得太生动活泼，使得这方面的叙述，很容易流为资料的堆砌；其次，因为资料的依据通常大同小异，有些地方看上去难免像老生常谈。我已全力避免这种情况出现，更希望读者阅读时也不觉得乏味才好。

如果要全面谈及世界上流行的各类运动，实在不是这本小书所容纳得了的，因此，依据自己以前采访的主观感受，将所提的内容区分为三部分：第一部分着墨本地区及国际上最流行的棒球、篮球及足球三项运动，尽量多做说明，第二部分广泛地介绍较具代表性的传统运动，多数都是奥运会正式比赛项目，第三部分谈及休闲及自我挑战成分较高的运动，这部分恐怕渐渐会成为未来运动的主流。

这本书原本的规划希望能多写些人物故事，但是我很快就发现，这样做不一定恰当，主要是体育界的变动实在太快，很难掌握合宜的故事题材。如果书中介绍的全是过去的经典人物，又怕读者觉得"不新鲜"，觉得和作者真是有代沟。与其这样，倒不如多提些基本观念，因此，出书时反倒是删去许多在专栏时写过的人物，增加部分未介绍的运动。以现在资讯的发达，相信读者有了初步认识后，应该可以很容易找到并理解自己感兴趣的题材。

当然，这本书能完成，要感谢《幼狮少年》孙小英总编辑、主编贡舒瑜，还有帮忙写两期文章的黄羽淳小姐，以及其他参与专辑及本书制作的编辑、美编等人，他们从一开始就非常重视这个专辑，给予作者许多的协助和支持，并鼓励作者将它集结成书，他们恐怕才是对这本书贡献最多的人。

顺便谢谢大学同学傅镜晖，介绍我认识《幼狮少年》的工作群，也帮忙担心出书的事。谢谢曾经接受采访的各位体育界先辈、朋友，你们帮助我对体育有更多的认识。谢谢工作上的同事，你们总是额外地负担我部分的工作，也关心我写书的进度。最后谢谢家人的付出和支持，没有你们，恐怕我什么事也做不成。

刘祥航

2003年8月

第一部分

三大最受欢迎

球类运动

　　根据过去几年在我国台湾省所做调查，棒球、篮球可以说是最受当地青少年喜爱的两大主流运动，足球则一直是最令世人疯狂的运动项目，每四年也会烧起一阵"世界杯"热潮。这三种球类已创造出各种聊不完的话题，若缺少基本认识，当大家热烈讨论时，恐怕就没你插嘴的余地啰。

篮球——
观念篇

　　还记得轰动一时的漫画《灌篮高手》吗？它描写的是一群热爱篮球的青少年，书中主角樱木花道原本对篮球一无所知，但随着加入篮球队后每天的训练与接触，让樱木深深爱上篮球，最后成为他生活的重心。

　　在我国台湾省，尤其是青少年，多数人对篮球都有相当程度的认识。著名体育频道ESPN做过几次本地对运动喜好的调查，都显示篮球是年轻人最想参与、最想观赏的运动。平时只需三五好友号召，并不需太多道具、空间，就可打一场篮球赛；要看篮球，电视上多是高水准的国际、国内赛事，我们不只可以打篮球、看篮球，闲来无事时，还可聚一群人大谈篮球经。

篮球,已经成为大家的休闲方式之一。

很难想像最早的篮球,其实并不是这么有趣,也不适合比赛。人们用装桃子的竹篮当成目标,拿足球来玩,每次投进后还必须登上梯子将球取出,才能继续比赛。直到1892年美国人奈·史密斯加以改良,编写了最早的篮球规则,为现代的篮球运动奠定基础,并且通过YMCA推广,才逐渐受到世界各地的欢迎,成为国际性的运动。随着篮球的普及,各种国际组织渐渐成立,规则也更为详尽、周密。

简单地说,篮球是两队各五个人在场上,比较得分的比赛。两队竭尽所能,将球投进对方半场的篮筐内。对手会尽全力将球封掉,却不能推、抓或拉扯球员的身体,这样就是犯规。一般投篮进球为两分,罚球得一分,如果球员的投篮够准,能在6.25米的三分线外将球准确投进,一次可攻下三分。有些人弹性极佳,可以跃起而手超过篮筐,并将球扣进篮筐内得分,我们称作"灌篮"或"扣篮",如果你能做到这点,应该可以常听到场边观众的欢呼声。

目前世界最主要的国际篮球组织,包括了"国际篮球联合会"(缩写为FIBA),负责定期修改篮球规则及举办世界性篮球比赛。另外,各洲也有各洲协会,

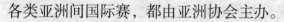

各类亚洲间国际赛，都由亚洲协会主办。

篮球的重大国际赛事，最重要的是四年一次的奥运会及世界锦标赛，其他各类的大小锦标赛、邀请赛竞争也都相当激烈，包括世界公认最高水准的美国职篮NBA等。

美国职篮NBA

美国职篮NBA，创始于1946年，当时称为BAA（美国篮球协会），由十一支球队组成。后来逐步扩增，陆续并入较早的职业联盟NBL（国家篮球协会）及ABL（美国篮球联盟）的球队，从1949~1950年球季，正式改名为NBA。NBA原本都在美国比赛，1995年加入多伦多猛龙、温哥华灰熊两支加拿大球队，而将版图扩大到加拿大。最近NBA又在夏洛特重新增加一队，使球队总数增加为三十支球队。

NBA每年球季从11月左右展开，到隔年4月为止，每队各进行八十二场例行赛。东、西区战绩前八名球队，有资格角逐季后赛，季后赛共计四轮，十六队中只有一支球队能一路过关斩将，拿下最后的总冠军，赢得整年的荣耀。

在激烈的竞争及有效包装下，产生了许许多多场上的焦点明星，以及场内、场外动人的故事。比较早期的巨星，包括了"大帅"张伯伦、比尔·罗素等名将；到20世纪70年代之后，波士顿绿衫军崛起、湖人队"Show Time"、活塞队"坏孩子"等好戏接连上演，90年代则有公牛王朝两度三连霸的传奇，加上新世纪湖人队"欧布连线"等，让NBA充斥着聊不完的话题。

为了维持比赛的精彩，NBA部分规则和国际规则不同，包括四节比赛赛制、二十四秒时限、盯人防守、六次犯规才必须退场等特殊规定，增加比赛的强度与竞争性，打出了NBA特有的风格。

篮球——
焦点篇

篮球场上最重要的焦点，就是五个人的搭配和相互帮助，以发挥"全队"的效用，而不只是五个"个人"。每个人可依据他在球场上的位置，各司其职、分工合作，才能发挥最大的作用。这种场上的分工，常常让初学者一头雾水，尤其我国台湾省习惯用"1号位置""2号位置"说明，让有些人难以适应，不过原则其实是非常简单的。

1号位置：控球后卫（Point Guard, PG）

控球后卫可以说是场上的队长，最重要的任务是组织全队的攻防，执行教练员赋予的战术。他通常是全队最刁钻的人，全队的攻势大多通过他来发动，因此他必须有整场的视野，在瞬息万变的篮球场上找出制胜之道。

称职的控球后卫约可区分为两种类型，一种是"助人为乐"的控球后卫，最著名的就是犹他爵士队的斯托克顿，他总是能找到最有机会得分的队友，适时传球让队友得分；另一类控球后卫则本身就具有卓越的得分能力，在对手全力提防他得分时，他也能适时将球传给队友，同样完成进攻任务。但现在最具明星气质的控球后卫，却往往是"全能型"球员，**得分、助攻、篮板样样精通**，就像连续两年带领新泽西网队打进冠军战的基德，经常每场比赛这三项统计都达到两位数，**英文称为 Triple-double，中文习惯上称为"大三元"**。

2 号位置：得分后卫
(Shooting　Guard, SG)

从名字上多少也能推知，得分后卫通常是全队外线最准的射手，但称职的得分后卫绝不能只会得分而已，他也必须适时分担控球后卫的责任。而且得分后卫也应该有快速突破的能力及弹跳力，当对手想堵住他的外线时，能够迅速突破篮下，让防守的对手难以猜测他想投篮、突破还是分球，把握对手的犹豫，适时得分。

最著名的得分后卫，当然是公牛王朝第一主将乔丹。乔丹本身具有快速的突破能力和弹跳力，直冲篮下让对手防不胜防，但对手想堵住他的进攻路线时，他又有外线破坏力及妙传实力。他后几年更练得一手"后仰跳投"绝技，让对方根本无从防守。

被誉为"乔丹接班人"的洛杉矶湖人队的布莱恩特，这方面的能力和乔丹非常相似，因此也坐稳全队得分后卫的角色。

3号位置：小前锋（Small Forward, SF）

小前锋是场上较难定位的位置，他常常扮演内线、外线间的桥梁，除了外线必须稳定之外，有时候也必须冲进篮下，和身材高大的中锋、大前锋争夺篮板，多数是全队最全能、反应最敏捷的球员。

乔丹的最佳拍档皮蓬，就是公牛王朝最重要的小前锋。无论是跳投、助攻、篮板，都能有一定的贡献，必要时还能抄球破坏对方的攻势，说明他全能的技巧。另一类小前锋以外线为主，例如以前波士顿凯尔克人队的"大鸟"伯德，他虽经常被批评为跑不快、跳不高，但靠他卓越的外线，以及场上节奏的掌控及视野，仍然奠定了自己的地位。

4 号位置：大前锋
（强力前锋,Power　Forward，PF）

大前锋的活动范围主要在禁区周围，多半必须有强健的体格为本钱，场上负责挡人、"卡位"、抢篮板等苦工，伺机将球补入篮中，或者在中距离出手投篮。

最符合大前锋特质的球员，包括"邮差"马龙、"小虫"罗德曼，以及已经退休的"恶汉"巴克利。当对手或队友投篮从篮筐弹出时，他们会不顾一切，以健壮的身体为后盾，抢占有利位置，为球队抢得球权。当他们在禁区附近得球时，也能视场上情况投篮或助攻给队友。

5号位置：中锋（Center，C）

中锋是各队禁区的守护神，因为愈靠近篮筐得分的成功率愈高，使中锋的角色相当重要，通常都是由全队最高的球员来担任。在防守上，中锋必须封阻对手篮下攻势、抢篮板；进攻上，要直捣禁区，从内线打击对手，因此身高及体格的要求都是全队之最。

现在NBA各队最头痛的中锋，就是洛杉矶湖人队的奥尼尔，他虽然有210厘米以上身高、体重超过150公斤，但是却依然相当灵活；因此只要在禁区拿到球，几乎无法以一对一防守方式将他阻挡，但一旦采取两人以上夹击，他又能传球给队友得分，正是中锋最难守之处。相对地，其他人想从他手中在禁区内占到便宜，却又困难重重。

虽然我们会依照场上球员特色及功能，区分出每人的位置，但是篮球场上变化多端，有些才华洋溢的球员甚至可以有能力打好几个位置，并不是"一个萝卜一个坑"来安排球员，运用之妙存乎一心。就像漫画《灌篮高手》的名言："篮球场上没有什么绝对的事。"就是有这么多想不到的事，也使篮球更为好看。

篮球——
故事篇
（迈克尔·乔丹）

　　提到世界上最伟大的篮球员，十个人中恐怕有九个会同意是迈克尔·乔丹（Michael Jordan），连许多篮球的门外汉，对这个名字都是如雷贯耳。因为他的出现，改变了篮球的风貌，让篮球世界更加精彩。

　　乔丹出生于1963年2月17日，在上大学之前，他还不算是太知名的选手，真正让他崭露头角的，是在1982年的NCAA决赛。

　　那时乔丹虽然只是大一，却已是全队先发主力，他代表的北卡大学一路打进冠军战，遭逢当时同样为大一的中锋尤恩坐镇的乔治城大学。那场比赛双方打得相当激烈，差距全场不曾超过6分，比赛结束前32秒，乔治城以62:61领先1分。

北卡总教练狄恩·史密斯指示最后一击先求强攻内线，不然就交给乔丹从外围突破。这关键的时刻，最后果然由乔丹操刀，他在最后4秒时，接到球后立刻投篮，在罚球线旁左侧45°角出手，球应声入网，北卡大学因此赢得那年的冠军，乔丹"最后一击"的威力震撼了全美。

经过两年，乔丹在读完大三之后，决定提前挑战NBA，并以第一轮第三顺位，被芝加哥公牛队选中。那年NBA好手辈出，选秀情况到现在都经常被拿来讨论。选秀状元是中锋奥拉朱旺，拥有第二顺位选秀权的波特兰开拓者队，他们选了一名215厘米的长人山姆·布威，被认为是历史上最差劲的选择，获益的是公牛队，他们毫不考虑地就选择乔丹。

乔丹加入NBA第一年的表现就十分亮眼，并拿下那年的"年度最佳新人"。那时大家已经发觉，乔丹的篮球技术超越了传统，特别是扣篮技巧。在人人几乎都有爆炸性弹跳力的NBA，要扣篮相当简单，但乔丹却格外引人注意，因为他的"滞空时间"超长。他可以在空中躲开防守球员，当对方多人包夹、以更高大的身躯要阻止他扣篮时，他可以在空中改变姿势，将高举的球放下，扭腰换手投篮或扣篮，让球迷惊讶不已。自此，他也有了"飞人"乔丹（Air Jordan）的绰号。

提到扣篮，就不能不提乔丹在1988年明星赛"灌篮大赛"的表现，那时他面对多明尼克·威金斯等劲敌，刺激他表演了那记到目前都被视为"经典"的灌篮。那次灌篮，他从罚球线就已起飞，在空中飞行了4米，直接将球扣进篮筐，以满分摘走了冠军。

对乔丹来说，这些不过是他成就的开端。NBA奋斗7年，赢得许许多多个人奖之后，乔丹才第一次尝到总冠军的滋味。当然，这其中有赖"禅师"杰克逊带进的"三角进攻"方式，以及皮蓬、格兰特等队友的协助，让他们击败了当时已两度称霸NBA、有"坏孩子"之称的底特律活塞队，在乔丹领导下，完成了夺冠的任务。

乔丹在过去几年两次退休，又两次复出，完成两次"三连霸"壮举，带给世人无限的惊奇。2003年他第三次退休，几乎不可能再重返球场，但他的传奇不会因此衰减，还是会在人们谈话中一再出现。

乔丹的成功可以说是天才与努力的结合，从高中时期开始，他就一直是球队最早练习、最晚离开的球员，在NBA达到颠峰后，他也不曾间断自我的训练，这正是他成功的重要因素。

笔者有幸在1997年到纽约采访明星赛，这种表演赛赛前练习通常是球员间的玩笑与热身居多，但引起全场最多掌声的乔丹上场后，依然按照惯常的步骤定点投篮，自我调整节奏，果然上场后表现精彩，最后赢得明星赛MVP。这足以说明，乔丹虽被许多人奉为"篮球之神"，但只有充分的准备，才让他有机会创造神话，写下各种惊人成就。

棒球——
观念篇

　　棒球运动源自英国的板球（cricket），传到美国后发展为棒球。尽管有证据显示英国先有棒球运动，但一般仍相信，首场棒球赛是由美国人德博戴在 1839 年于古柏镇所创，古柏镇因而被视为棒球的诞生地，并设立了"棒球博物馆"，是美国"职棒名人堂"所在地。

　　当时的棒球赛每队各有 11 人，比现在多了两名内野手。选手并不戴手套，保送的标准也不是现在的四坏球，而是九坏球（直到 1889 年才改为四坏球），不过那时比赛的基本形式和现在已大致相同。

　　棒球比赛可以说是种既重团队、又能让个人发挥才能的比赛。方式是由投手投球，打击者设法击出，并尽力跑垒，跑回本垒便可攻得 1 分。如果第三个好球挥棒落空，或击出飞球直接被接到，又或者未上垒前就被刺杀或触杀，将被判出局，攻方球员有三人出局，就需攻守互换，改由对方进攻。

美国棒球运动发展得非常快速，1869 年已有职业棒球队成立，并且在 1871 年成立了第一个职棒联盟。这个联盟在 1875 年因球队变动大、球员赌博故意输球等因素停止，不过随后于 1876 年"国家联盟"成立，严禁这类行为，1901 年"美国联盟"再成立，确立了美国职棒往后两大联盟比赛的规模。

美国人在 1873 年将棒球传到日本，也大受欢迎。

目前在棒球朝国际化、专业化发展的大趋势下，媒体和球迷关心焦点多在职业比赛，在台湾省受重视的职业赛包括了美国职棒、日本职棒等赛事。

美国职棒

在所有美国职棒中，获总冠军次数最多、历史最悠久的，首推纽约洋基队，著名球星包括贝比·鲁斯、贾里格、狄马乔、贝拉等人，都是美国棒球史上的一代巨星，20 世纪最后五年，洋基队拿下四次世界大赛冠军，更将其成就达到颠峰。另一支球队是亚特兰大勇士队。勇士队在 1990 年之前还是支垫底队，但靠坚强的投手阵容，1991 年之后每届都打进季后赛，被称为"90 年代最佳球队"。

美国职棒从国家联盟创建，至今已超过 125 年，可算最老牌的职棒祖师爷，各项制度也最为完整。经多次扩充与调整，目前共两个联盟多达 30 支球队，涵盖美加两地。包括国家联盟 16 队、美国联盟 14 队，每个联盟都区分为三个区，各区第一名及一支成绩最佳的第二名球队，可打进季后赛，进而争取世界大赛冠军。

美国职棒可说是典型的夏日运动，每年 4 月开始季赛，到 9 月底结束季赛，10 月进行季后赛，月底前产生世界大赛冠军队。对大多数美国人而言，他们也有个光辉的 10 月，因为最精彩的棒球赛都在这时进行。

美国职棒因为球员薪资最高，往往能吸引最优秀的选手加盟，比赛水准傲视全球。近年来拉丁美洲及亚洲好手竞相投入，让美国职棒国际化趋势更加明显。

日本职棒

日本职棒也有相当悠久的传统，在1936年就由7支球队共同组成第一个职棒联盟，直到1949年，经过职棒界一番重整，分出"中央联盟"及"太平洋联盟"，而奠定了目前日本职棒的基础。现在两联盟各有六队，由各联盟球季战绩最佳的冠军队，直接进行七战四胜比赛，争夺"日本第一"的荣耀。

日本职棒球风和美国不同，美国人较听任选手个人发挥，球风较为自由；日本人重视团队纪律及细微动作，而且因缺少有力的强打者，经常采用触击等战术，被认为较保守但细腻。

日本职棒原本两联盟都不采取指定打击制，但历史较久的中央联盟，人气一直都在太平洋联盟之上，迫使太平洋联盟进行改革，自1975年起采取指定打击方式，凸显和中央联盟的差异。

日本职棒过去几年由于铃木一郎异军突起，他独特掌握时间差的"钟摆打法"以及不受拘束的个性，深深地震撼日本球界，引发一阵"一郎旋风"而历久不衰。但随着国际化的脚步，许多日本好手如野茂英雄、伊良部秀辉陆续前往美国职棒，特别是票房巨星铃木一郎也转向西雅图水手队发展，日本职棒明星渐少，开始面临收视率下降、观众减少的危机，而有再次突破的必要。

棒球——
焦点篇

棒球基本上是项团队运动，一场比赛每队至少九人上场，每人都兼负守备和打击的重责，只有在采取"指定打击"制度时，投手和指定打击者可以分别只担任守和打的角色。

投手与投球

棒球最受瞩目的位置就是投手。一场比赛的胜负，投手的表现就决定了七成到八成。棒球比赛的进行，就是由投手将球投给打者攻击而展开，只要投手球不离手，比赛就无法继续下去。

好投手有几个基本条件：首先要有技巧及实力，例如直球快速强劲，变化球角度锐利，要不然就要有各类球路搭配，让打者难以捉摸。其次，控球要精确，才能发挥投球效果，让打者不容易抓到击球位置。

由于投手责任重，因此心理条件也相当重要，包括自信心强、冷静、具判断力，才能依据打者特性、球赛及球队状况，作出最佳的投球选择，达成压制对手攻击的目的。

现代棒球分工精细，因此投手的角色也跟着多样化，区分出先发、中继、救援等角色。先发投手通常需要有充沛体力，以多样的投球武器应付各种场上情况；中继及后援投手则视比赛状况上场，负责解决临时危机、败战处理或消化比赛局数。各队通常还会有个负责救援的"终结者"（closer），在比赛末段球队小幅领先时上场，以稳定的表现确保球队的战果，也是现代棒球不可或缺的角色。

优秀的投手不会只投直球，而会搭配各式各样的变化球，中国台湾省的好手黄平洋全盛时期号称能投"七彩变化球"，指的是七种不同的球路，正是这种变化多端的投法能迷惑打者，成为他获胜的最大本钱。

只要球不是以直线到达本垒，就可称为变化球

（breaking ball），常见的是**曲球**（curve ball）和**滑球**（slider）。曲球顾名思义是以曲线的方式到达本垒，由于幅度大小难以估算，造成打者的困扰。滑球则是看来像直球的球路，却在本垒板前突然滑动，让打者误以为直球而挥棒落空。

但打者愈来愈精明，一般的曲球和滑球已难以让打者上当，而有了**指叉球**（fork ball）和**变速球**（change-up）、**螺丝球**（Screw ball）等球路出现，以及各种更为细节的投法，例如四指指叉及二指指叉等区别。指叉球用手指夹球后弹出，球在空中不旋转，因此在进本垒前会急速下降，让打者挥空。变速球给打者速度上的错觉，螺丝球的变化方向会和一般投手的曲球方向相反，因此极具威力。

基本上，投手只要在一场比赛从头投到尾，没有任何投手接替他投球，就已达成**"完投"**（complete game）的使命。如果不但完投，而且全场未失1分，就称作**"完封"**（shut out）。投手在完封同时，若连一支安打都没让对手击出，就是场**"无安打比赛"**（no-hitter game）。当然，最佳的状况是投手不仅未让对手打安打，也没有投出任何四坏或触身等四死球（保送），守备上也毫无失误，等于完全没让对手上垒，就

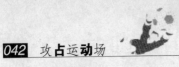

是场"**完全比赛**"（perfect game）。

野手与守备

防守是棒球的另一焦点，其中内野手可说是球队守备的第一道防线，包括一垒手、二垒手、游击手及三垒手，是全场守备最忙禄、传接最频繁的一群。投手在球投出之后，立刻也成为内野守备的一员，影响着全队守备的好坏。

内野的核心是游击及二垒，因为内野球十之七八都攻向中间，特别是游击方向。一名出色的游击手，不但要移动速度快、接球准确，还必须有足够的臂力及传球准确度，才能在第一时间刺杀打者或策动双杀。二垒手臂力可以稍差，但反应及判断能力必须很好，才能处理内野各种复杂的状况。

三垒手及一垒手被称为hot cornet，因为会打往这方向的球通常都快速强劲，被称为hot ball，极难捕捉。三垒手每场可能都会遇上三四次这种快速来球，他只有极短的时间将球截下，否则就会滚到外野成为安打。一垒手最主要的任务则是接球，因此身体的延展性必须较高。另一方面，由于一垒手守备较单纯，通常都由各队的强打者担任。

外野守备范围辽阔，外野手最主要的任务是接高飞及平飞球，并且处理滚到外野的安打球。**左、中、右三个外野位置中，中坚手守备范围最大，脚程要快，是外野守备的队长**。左、右外野差别较小，不过左外野相形之下较为吃重，因为在右打为主情形下，击往左外野的球通常较强劲。

捕手是守备时惟一和全队方向相反的人，却也是守备的指挥者。除了必须靠智慧及经验引导投手配球外，常必须以身体为武器，挡下投手的暴投及跑者向本垒的快速冲刺，因此受伤机会极高。另外，当对方想盗垒时，捕手又必须有强劲臂力接球后直传二垒狙杀跑者。因此，捕手可说是全队最辛苦又最难守备的位置。

棒球的守备依位置排定，打击则由每位选手按顺序上场，也使每个人因此都有个人发挥的机会。较有组织的球队会依球员特性排定打序，尽可能发挥球队的攻击力。

通常球队要求第一棒打者上垒率高、跑得快，才能开启整队攻势；第二棒也负展开攻势的任务，但同时要能助攻，以便在需要时，至少让第一棒打者站上二垒或三垒的得分位置。

球队第三至五棒被称为"中心打者",最重要的任务就是发挥长打实力,将垒上跑者送回本垒得分,因此打点就成了评估中心打者最重要的环节。排在中心打者之后的第六棒,常是全队能否大量得分的关键,如果他能送回已上垒的中心打者,球队可能因此拉开分数差距,进而赢得比赛胜利。

第七到九棒通常安排较弱棒次,但并不表示没有作用,只是借由他们得分的机率相对偏低。如果连后段打者都有所发挥,就能串连全队打线,展开更绵密的攻势。

每名选手都必须参与打击和防守,惟一例外是"指定打击(design hitter)",他们的任务是代替投手上场打击。现代棒球因对投手要求提高,许多投手难有时间分心练习打击,为加强比赛攻击力,成棒及部分职棒允许指定打击制度,投手只需投球而不需打击。不过一旦派指定打击上场守备,等于自动取消指定打击,此时投手就必须上场打击。

棒球比赛最吸引人之处,就在投打对决及守备上的美技演出,整个比赛的进行,又经常有出人意料的发展,增加了比赛的刺激及紧张程度。特别是,棒球比赛不受时间限制，只要比赛还在进行，就还有反败为胜的机会。有句棒球谚语说："棒球总是在两出局以后才开始。"正说明了这项特色，这也是棒球比赛最吸引人的地方。

棒球——
故事篇
（红叶少棒）

　　提起中国台湾省棒球的发展，就不能不谈"红叶少棒"。红叶少棒队不但是我们棒球发展的一页传奇，为我们日后三级棒球进军世界的开端，小朋友们从艰困环境中茁壮成长的历史，更成为人们言谈中最佳的励志教材。

　　位于中国台湾省东北端的红叶村，虽然有着依山傍水的优美环境，但在1961年，居民生活仍十分困苦。仅有四间教室的红叶国小，共有一百多名学生，由于学生多数家境清寒，也要帮忙耕田、做事，平时不愿意到校上课，就算勉强到校，也多无精打采。

当时的校长林珠鹏为了让小朋友喜欢来学校，决定教他们打棒球，培养团队精神及生活乐趣。那时学校根本没钱买器材，除尽可能买些便宜用具外，大多需要"就地取材"。负责棒球队的邱庆成老师，先让他们玩简单的三人棒球游戏，用一般的竹竿当球棒，以石头当球，一投、一接、一打，让小朋友很快领悟棒球的基本要领。三年级以上的学生，则还会接受团队训练，培养基本动作及临场反应力。

林校长和邱老师带起了学生的兴趣，这些小朋友爱上这项运动，就算要跋山涉水，依然清晨4点不到，就在学校操场集合勤练，连每节下课时间都不放过。经过风雨无阻的一年训练，1965年球队初试啼声远征宜兰，就获全省少年棒球锦标赛第4名。

在经费、资源都有限的情况下，红叶少棒队凭着一股信心和意志力，成绩愈来愈出色。1968年，他们在第20届台湾省学童杯棒球锦标赛，以2:1击败当时独霸当地的嘉义垂杨队，而一战成名，被形容为："东台小将一棒响，满山红叶压垂杨"。

同年，刚赢得世界少棒冠军的日本关西和歌山少棒队，也应邀来台湾省进行比赛。代表台湾省出赛的红叶小将，首度交锋就有优异的投打表现，在第六局

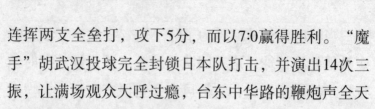

连挥两支全垒打，攻下5分，而以7:0赢得胜利。"魔手"胡武汉投球完全封锁日本队打击，并演出14次三振，让满场观众大呼过瘾，台东中华路的鞭炮声全天此起彼落，人人高兴得笑逐颜开。

总计中、日五场对抗赛，红叶两次出战日本都拿下胜利，由红叶、垂杨等四校合组的中华联队，也以5:1拿下第三战胜利。

红叶成功背后的辛酸与奋斗，他们辛苦训练的过程，也让很多人难以想像。老师们想出许多的方式，能在最省钱的方法下获得训练的效果。

例如，为了训练打击的腰力，邱老师将废弃轮胎吊在半空，要学生来回不断、挥棒用力击打车胎，由于效果良好，"吊车胎"几乎成为每名球员家中必有的装备。为练习挥棒的准确度，同学们则是准备许多小皮球，同样将它吊在空中，每天挥棒几百次，不能间断。

在烈日下训练，更是需要坚强的毅力，球员就算汗如雨下，依旧奋力扑、接、追球。为了不让赤脚被烫得起泡，球员不是踮着脚尖，就是双脚轮流表演"金鸡独立"，因为他们没有好的经济条件，舍不得在练习时将比赛用的球鞋穿上，这是城市小孩难以体会的困苦。

从纯粹棒球比赛的成绩来说，红叶的光芒只有昙花一现，但他们所留下的感人故事，到现在都令人难以忘怀，他们的第二代，目前也有许多人继续棒球的梦想。没有当初这些人的奋斗，恐怕就没有机会看到台湾省棒球现在的蓬勃发展。

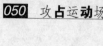

足球——
观念篇

  全世界最流行的球类运动，既非篮球，也不是棒球，而是足球。足球在欧洲、南美，以及中国香港、大陆，都是最风行的团队运动，每四年一次的世界杯足球赛（World Cup），更是全世界最重大的单项运动盛事，数十亿人口那段期间都会紧盯电视、球场，各国都有人跷班、跷课，为的是得到最迅速的比赛战况，世界经济活动常因此停摆好一阵子，这种说法一点也不夸张。

  中国古代就已经有类似足球的活动，称为"蹴鞠"，是种锻炼身体和训练士兵的方法，汉、隋、唐时代最为盛行，不过自明代之后已很少见到。近代足球则是源自英格兰，原本在学校间流行，但有着不同的足球规则。如罗格比学院派采用争球与允许抱人的比赛方式，剑桥大学实行较温和的规则，后来剑桥大学的比赛方式发展为足球，"罗格比"（Rugby）则成为橄榄球。

1863年在英格兰成立协会（Association），制定了统一的足球规则，被认为是近代足球诞生时刻，英国人从Association的Soc衍生出Soccer这个字，成为后来足球的英文名称。

刚开始的足球，是英国绅士的运动，当时是朋友间的游戏，因此在各队11人当中就有9人担任前锋进行攻击。随着足球环境的变化，现代足球已成为体力、球技、战术缺一不可的严酷运动，在某种程度上更已成为各国国力的角逐活动了。

足球因为特别流行，国际组织相当复杂，职业联盟、球团比比皆是，不过最重要的组织，是1904年成立的 FIFA（Federation Internationale de Football Association）在台湾省一般称其为"国际足球总会"（因为足球在中国大陆比台湾省流行得多，比较常听到的是大陆中文术语）。FIFA下设六洲足球协会，各国足球协会附属在各洲之下。

世界杯足球赛

FIFA举办的国际大赛，首推四年一度的世界杯，象征足球的最高荣誉。这项比赛起于1928年国际足总会长雷米的提议，于1930年举办了首届赛事。之后，虽然因为世界大战而停办了两次，但复赛后的比赛却愈来愈成功，规模也一路扩大。到2002年第17届在日、韩举办，参赛国家／地区已近两百个，甚至必须在两年之前就展开预赛，经过重重角逐之后产生最后三十二强，晋级决赛，最后再经一个月的鏖战，决定最后冠军。

由于竞争实在过于激烈，各国只要获得晋级，或在会内赛每胜一场，几乎全国都会大肆庆祝，冠军队更会造成全国疯狂庆功，每一次都因过度疯狂而引起一些暴动。

在世界杯发生的经典赛事、表现出色的明星，都是足坛永不褪色的话题。其中一场1986年阿根廷对英格兰之战，几乎已是现代人都耳熟能详的经典赛事。当年阿根廷在马拉多纳领军下，轻松写意地杀入八强，遇上"足球祖国"英格兰，两队0比0僵持了40分钟后，出现了马拉多纳称为"上帝之手"的一球，由于裁判员没有注意到马拉多纳进球前曾用手拨球，使比赛在争议中由阿根廷取得领先。

下半场马拉多纳真正发挥了他的才华，踢进了绝妙的一球，这球也被票选为"世纪最佳进球"。他先在己方中场接获这球，靠着卓越的速度及灵活的过人技术，连续闪过三名对方防守球员的拦挡，虽然眼见即将摔倒，却又巧妙地绕过英格兰守门员，在对方虎视眈眈下，精准地将足球射进球门，完成了鬼斧神工的进球。英格兰之后虽全力反扑，但阿根廷终场仍以2:1赢得胜利，最终也拿下这届的冠军。

奥运会是另一个足球大赛，但并非由FIFA举办。FIFA为了确立世界杯是最高水准的比赛，规定奥运会足球各国只能有两名超过23岁的球员，使大部分足球巨星都被排除在奥运会之外。不过多数国家仍十分重视奥运会，不少年轻足球运动员也兼具实力及人气，奥运会足球仍相当具可看性。

其他重要国际赛事，包括两年一次的**世界青年杯**（20岁以下）、**世界青少年杯**（17岁以下），都很有竞争性，从1991年才开始的**女子世界杯**，虽然不如男子组带给世界的狂热，但也逐渐受到重视。

此外，因为足球赛渐渐被评为过于沉闷，一队5人所组成的"室内足球"也愈来愈受欢迎。室内足球世界锦标赛（Indoor Football World Championship, FI-FA），就是室内足球最重要的国际大赛。

足球的特色

足球这项运动最大的特色就是用脚来运球前进，也可以用头顶球或用身体接球，就是不能用手触球。一般足球赛每队11人，室内足球赛每队5人，包括1名守门员。守门员是惟一可以用手接球的球员，但也只限于球门区内。

足球的胜负很简单，将球踢进对方球门内就算进球，规定时间内进最多球的队伍获胜。比赛因球场广阔，球员须具备坚强的耐力和充沛的体力，才有决战90分钟的本钱。要是正规时间内比不出胜负，就将进行延长赛，由先踢进球的球队获胜，称为"黄金（进）球"。如果还是平手，又一定要分出胜负，就必须进行"PK大战"（Penalty Kick），是足球赛最刺激而无情的一种结局。

由于"PK战"运气成分太重，经常有人希望能改变这项规则。许多人则是批评足球赛只设一名主裁判员，容易出现误判或失察的情况。纵然批评声常出现，但全世界球迷对比赛的热情依旧，正是大批球迷的支持和热情，让足球依旧是世界最受欢迎的球类运动。

足球——
焦点篇

　　在宽广的足球场上，几乎无法由一人的全能演出来掌控一切。为求进球，必须全队11人团结合作，彼此传球前进，才有最大的获胜机会，在防守上也是如此。这使得足球对团队合作、战术执行，都有非常高的要求。

　　足球刚诞生时，大家都想进攻，几乎每个人都是前锋，不过随着时间演进，各种队形战术被拿来不断试验，常见的有4-3-3阵型、5-3-2阵型、3-5-2阵型等等，标示全队各位置的人数，由此来进行比赛。因此，要了解足球，就必须对位置有所了解。

球员位置

一般说来，足球除守门员外的10人，会依据球员特性来交付前锋、中场或后卫的任务，就是球员场上所打的位置。如果安排4名后卫、3名中场、3名前锋，就是打4-3-3阵型，同样地，5-3-2阵型就代表全队有5名后卫、3名中场及2名前锋，是一种强调守备甚于进攻的调度安排。

传统的背号分配方式，常可以看出球员在场上的位置。一般来说，1号是守门员，2~5号多是后卫，6、8、10号是中场球员，7、9、11号给前锋，其中10号球员经常是全队的核心。不过现在比赛已经很难适用这套法则，特别是职业联赛。英格兰巨星贝克汉姆加入皇家马德里队，就选择了23号球衣。

球员的位置并不代表活动范围的限制，后卫进攻时仍可能跑在前锋及中场前方，不过每个人有他基本的攻、守任务。每个位置会有个重点范围，因此还会细分左前锋、中前锋、右前锋等，来提示球员的主要活动区域。

在球队最前方的通常是"**前锋**"，可能有2名或3

名，最重要的任务就是抓住机会射门进球，因为必须冲得快、反应佳，我们有时称他们是"箭头"，球队的"双箭头"或"三箭头"经常包办球队三分之二以上的进球。

在前锋后一线的球员通常称为**"中场"**，可说是球队最核心的角色之一，许多足球的超级战将都是打中场位置。中场最重要的任务是组织全队攻防，在前锋有空当时适时传球，或自己突破找出机会射门，并提醒队友全队阵式及对手弱点，因此，好的中场球员通常都要具备全能技巧及冷静的头脑，才有办法扛下重任。

中场后方、守门员前方的几位球员是**"后卫"**，他们最重要的职责是防守。足球是项比进球数的运动，防守的重要性绝不亚于进攻，除守门员之外，后卫就是全队最重要的防守球员，在对手愈来愈靠近自家球门时，后卫就必须用尽各种方法化解对手攻势，后卫中有些人就是属于"扫把脚"，像扫把一样随时将对手的球一脚扫掉。

足球经过一个多世纪的发展，人才辈出，特别是全能型球员的增加，产生许多特别的阵式组合，让中场甚至后卫、守门员担任全队重点射门员，也常见到。

不过一般说来，每名球员上场前都会被赋予主要的任务，只要各尽所职，团队战斗力自然能展现。

足球规则

观赏足球比赛，对一些基本规则的了解也十分重要。一个很重要的核心规则是**"越位"**（off-side），"越位"的认定FIFA近年一直在修订，但基本观念始终没有变，粗略地说，攻方在通过最后一名防守者（守门员除外）前方时，必须是球先通过，或者连人带球突破，要不然就是传球的瞬间人还未通过，否则将被判为越位，球权反由守方掌握。越位规则可避免攻方投机取巧，暗中"埋伏"快速抢攻，但也带来许多争议，迫使FIFA一直在做细致修订。

另一个容易搞混的观念是**"直接任意球"**和**"间接任意球"**，两者都是对方犯规后，己方获得的判罚方式。直接任意球可以直接射门，间接任意球必须经过传球后，才可找机会攻门。另一种常见的处罚是**"罚球点球"**，在12码处直接获射门机会，成功率相当高，因此我们常称它作判处"极刑"。

另外常见的情况，当球在球门线外出界时，有两种可能，一种是攻方球，裁判员此时会判"角球"，由攻方在球场角落展开进攻，从角球展开攻势，经常会让守方难以招架。如果守方得球，则是"球门球"，由守门员将球踢回场内，象征攻方这次进攻失败。

足球还有一大特色，就是"黄牌"和"红牌"警告，用来处罚为求胜利而过度犯规或缺乏运动精神的举动，如果球员一场比赛接到**两张黄牌或一张红牌**，就必须被驱逐出场，而且球队不能找替补上阵，而形成"以少打多"的不利局面，有时受处罚者还将至少被禁赛一场，可算是相当严厉的处罚。

因为足球是种团队运动，比赛球员必须全队一心，为争控球权及进球，在广大的场上为一个球追逐、拼抢，吸引观众为之疯狂。因此，下次如果看到新闻报道，某某地方又有足球迷暴动，不要怀疑，这就是太迷恋足球的后果。

足球——故事篇

（世纪足球巨星）

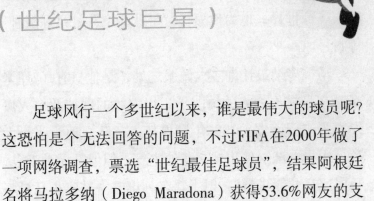

　　足球风行一个多世纪以来，谁是最伟大的球员呢？这恐怕是个无法回答的问题，不过FIFA在2000年做了一项网络调查，票选"世纪最佳足球员"，结果阿根廷名将马拉多纳（Diego Maradona）获得53.6%网友的支持。

　　有鉴于参加网络票选的民众多数为三四十岁以下的年轻族群，因此FIFA另依据他们的官方杂志及评审团进行评选，选出巴西"黑珍珠"贝利（Pele）为世纪最佳足球员。 FIFA依据同样的方式票选"世纪最佳女子足球员"，结果中国队的孙雯在网络调查高居第一，评审团奖项则颁给了美国的艾克丝（Michelle Akers）。

马拉多纳

马拉多纳可能是现在二三十岁球迷最为熟知的人物，他在1979年世青赛已崭露锋芒，1986年世界杯，他带领阿根廷赢得那年冠军，让蓝、白条纹的阿根廷球衣震惊世界，也为他赢得"足球金童""足球战神"等封号。

马拉多纳最让许多人佩服之处，是他只有167厘米高，在身材不如人的情况下，以熟练的球技及个人爆发力为主要武器。1986年世界杯，各队视他为头号大敌，用尽办法对他犯规、惹他生气，但他都无动于衷，整届比赛共踢进5球，射手榜名列第二。其实小马哥不是没有抢第一的实力，但为球队战绩，他总是把机会让给队友，果然阿根廷队在他有效带领下，荣获这届冠军。

20世纪90年代之后马拉多纳锋芒锐减，主要是他在志得意满之际，生活不检点，还染上吸毒恶习，而被国际足联禁赛。他几次努力戒毒复出，加上他穿针引线的卓越技巧仍未减退，仍获得不少球迷支持。但1994年世界杯，他再度被查出服食禁药，一世英名毁于一旦，之后的复出几乎都不再为世人接受。

这次FIFA的世纪足球员选拔，原本只想以网络票选定胜负，就是因为大家凭球技、印象，选出形象受争议的马拉多纳，迫使FIFA不得不再组评审团，敬告世人，贝利才真的是历史上的足球模范。

贝利

贝利16岁就踢进职业赛，1958年世界杯，整届比赛几乎全看17岁的贝利表演，他总计踢进6球，是巴西队头号射手和夺冠的最大功臣，许多人因此戏称那年的世界杯，可称为"十七岁的贝利世界杯"。

贝利之后再于世界杯出战时，屡遭各队无情的犯规杀伤，没有办法再像1958年那么光芒四射，不过他四度参加世界杯，仍为巴西赢得三届冠军，总计踢进12球。1970年世界杯，巴西还是靠他攻进制胜球，而在冠军战获胜。

贝利的足球生涯共长达22年，参加过1364场职业赛，踢进1282球，可说是无人能敌。退休后他依然保持良好的生活习惯，并全力推广足球，反而从足球球王变为"足球大使"，受到世人的爱戴。

* * *

女子足球由于发展较晚，著名的选手几乎都是现役球员，中国队战绩彪炳的女将孙雯，实力受到世界的肯定，获选"世纪最佳女子足球员"，据说评审团原也属意孙雯，但为避免同样人选获两个奖，才又选了美国的艾克丝。

孙雯

1973年出生的孙雯，在1990年入选中国国家队，很快成为全队主力前锋射手，共代表中国参加4次世界杯女足赛及两次奥运会，尤其是1999年第3届世界杯女足赛，她率领中国队一路杀进决赛和美国争冠，让美国人真正注意到她。

这场在美国举行的冠军战，中国队最后落败，不过美国当时的总统克林顿赛后先到中国队的休息室致意，看看孙雯是一个重要原因。孙雯的出色表现，让她获得这次比赛"最佳球员""金球奖""金鞋奖"三项最高荣誉。

　　根据球评的看法，孙雯最大的特色是球感好、技术纯熟，特别是在门前想像力高，经常可以出人意料之外射门进球。孙雯现在已到新成立的美国女足大联盟发展，表现也相当杰出，美国人更惊讶的是她的文学造诣，能写诗、在大学念中国文学，使得她真正成为文、武兼修的球员模范。

第二部分

各类竞技

体育项目

人类靠着天赋的聪明才智，设计出各式各样彼此较劲的体育项目，比体能也比技术，甚至成为国与国互相对抗的另类战场，也使"竞技体育"格外受重视。尤其是被列入奥运会的比赛项目，更让各国争相发展，选手也愿接受艰苦的训练，只求拿下金牌作为个人及国家的荣耀。

橄榄球与美式足球

橄榄球

据说，一切都是从英格兰罗格比学院（Rugby College）学生伊利斯在场上突然的举动开始的。1823年一场足球赛中，他因为踢不出成绩，一怒之下干脆抱球冲过底线，意外得到观众大声喝彩，因此罗格比学院修改足球规则，创造了橄榄球这项运动，随之流行。

1871年第一个榄橄球俱乐部在英国成立，且在英、法的农村受到欢迎，并很快地传入欧洲及澳洲、新西兰等地。1886年国际橄榄球总会成立，1906年在法国举行了首次橄榄球国际赛，亚洲地区直到1968年才在泰国成立协会。目前橄榄球实力较强的国家，欧洲以英国各地（包括英格兰、苏格兰、爱尔兰、威尔士）及法国、意大利为主，南半球澳大利亚及新西兰也是传统强队。

橄榄球规则

橄榄球经多年来的发展，目前以15人制为主，另有7人制比赛。比赛中球员将球带到对方门线后达阵触地，可攻得5分，达阵加踢射进获2分，若认为无法达阵选择落地踢，或是对方犯规获得罚踢，射门成功均可拿下3分。

正式的15人制比赛，传统上由8~9名前锋及7名左右的后卫组成，前锋通常是高大强壮的球员，和对方相互推挤争球，伺机将球向后传，由传锋（9号）或接锋（10号）判断局势，组织攻势。后卫不但要凭借速度及灵巧身手带球前冲，也要用尽方法抄走对手的球，排列全队之末的殿卫（15号）更是最后防线，不能有所松懈。

乍看橄榄球赛，会觉得比赛粗暴、双方乱成一团，其实要在乱军中带球前进，往往需要更多的战术。**比赛最重要的两个原则应该是：一、球只能向后传；二、擒抱只能针对持球选手**。这项规定是因为球员未戴保护装备，持球者比较具对方即将冲撞擒抱的警觉，可避免受伤。

美式足球

橄榄球发展到美国，被修改为美式足球，并且是美国人最疯狂的运动。每年职业美式足球联盟（NFL）冠军战"超级杯"（Super Bowl），不但每每惊动参赛球队两州州长对赌，连美国总统都不会错过，因为这场比赛通常安排在一月最后一个星期日，这天又有"超级星期天"（Super Sunday）之称。

中国台湾省因传播媒体近年来的介绍，渐渐开始了解美式足球运动，也有流行的趋势。由于美式足球运动经常有极为激烈的肢体碰撞，许多人误以为这是种极暴力的运动；事实上，美式足球一直被认为是最需要团体合作和战术的运动，甚至进攻、防守、踢球都由不同球员担任，分工堪称所有运动之最，是很适合一般球迷观赏的运动。

美式足球刚开始流行的时候，球员身上除球衣外没有别的装备，因此经常出现严重受伤甚至死亡的情况。美国罗斯福总统为此在国会提出一项议案，规定正式比赛球员必须至少着头盔才能开打，再经过几十年的发展，现在几乎都有为各位置特别设计的头盔、护具，以让球员在最佳状况下打出精彩的球赛。

美式足球规则

美式足球的规则比较复杂，特别是国内平常没有人在玩，许多规则较难理解。简单地说，比赛先由守方开球，攻方接球后回跑，直到被守方拦下为止，那个地方就是攻方的"起攻点"，攻方之后就开始向对手阵地前进，一旦突破底线"达阵"（Touchdown）或"踢门"成功（Field Goal），就可拿下分数。

美式足球进攻的规则很特殊，每次进攻有四次机会，只要四次进攻中合计推进10码，就可得到另四次新的机会，称为first down，否则球权将交给对手。进攻的方式可以经由带球冲刺（run）或传球（pass），不

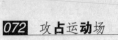

过依规定每次攻势只能往前传一次，而且必须在起攻线之后，往后传则不限次数，类似橄榄球。

一些常看比赛的人会发现，美式足球比赛攻方经常在攻了三次后，发现不及10码，随即在第四攻（forth down）采用踢球方式，将球权交给对手（我们称为弃踢，punt）。这是因为比赛规定，第四攻不成后必须在原地交出球权，因此当球队判断无法达成10码时，可选择踢还给对手，通常可以迫使对手在较后方进行攻击。所以，大部分的球队都要求三次进攻前进10码，而较少用第四攻机会进行强攻。

美式足球的**四分卫**（quarter back，QB），是场上的进攻指挥官，每次攻击他会先由队友手中拿球，并决定这次攻势是跑阵或传球。跑阵成功，往往需要队友挡开对手防守，让跑锋（running back RB）尽力持球前冲，传球成功则有赖四分卫传球的准确性，以及和接球员（wide receiver，WR）的配合。

美式足球比赛得分方式，约可区分为三大类，一种是直接带球达阵，可获得6分，并且可选择踢附加分（extrapoint，1分）或尝试"两分转换"（conversion，在3码处再进攻一次，达阵可获得2分），一般的踢门（射门、踢三分球）可拿得3分。如果防守方有效防守，将进攻队逼退到己方达阵区，守方另可获得2分的"安全得分"（safety）。

美式足球最高水准的比赛，就是每年NFL的球季赛及季后赛，台湾省ESPN及其他频道，都会播出相关的比赛或报道，如果常看就会慢慢了解各种规则的运用方法。就算不十分熟悉规则，美式足球其实是最容易看出参赛者热情的比赛，他们运用智慧、勇气，发挥身体最大潜能，让人感受到极大的震撼，难怪美国人对这项运动这么投入，每年超级杯之战几乎都是全年收视率最高的电视节目。

网球与软网

网球

　　有一段时间，网球常被认为是上流社会的高雅运动，实际上，它却是一种老少咸宜、活动量适中的运动，许多两人对打的球类运动像乒乓球、羽毛球，都是参考网球的打法改良而成的。

　　网球相传开始于公元11世纪，由法国僧侣发明的一种用手掌击球的游戏。最早的球是用布缝制的，后来欧洲人研究出橡胶技术，做出了可弹跳的球。球的好坏常常是由球皮所决定，当时大家公认埃及坦尼士生产的球皮最佳，因此将这种运动称作"坦尼士"（Tennis），一直沿用至今。

近代网球在英国奠下基础，19世纪英国温菲尔德少校等人，重新改良网球规则，1877年7月，第1届温布尔顿草地网球锦标赛举办，这可说是近代网球最重要的一次大赛。直到今天，温布尔顿赛事仍然是网球界意义最重大的比赛。

经过一百多年的发展，网球从欧洲、美洲流行到亚洲、非洲，从1970年开始，网球已经成为全民普遍的运动。20世纪80年代时，职业网球还是由少数一两名顶尖选手完全主宰的局面，但是过了90年代之后，转变成群雄鼎立的局面，高手之间球技差距愈来愈小，现在世界排名前十的选手，随时可能被名不见经传的后生小辈击败，也不会让人觉得太过惊奇。

网球发展在商业化、职业化之后，顶尖选手几乎都转为职业，专心练球争取佳绩及高额奖金。因此网球最重要的比赛几乎都是职业赛，尤其是"四大满贯赛"。由国家/地区组成的代表队竞赛，最重要的有三项，包括男网"戴维斯杯"、女网"联合会杯"及四年一次的"奥运会"比赛。

四大满贯赛

网球四大满贯赛指的是**"澳大利亚公开赛""法国公开赛""温布尔顿网球赛"及"美国公开赛"**,这四项大赛可以说是网坛每年规模最大、参赛人数最多、层级最高的比赛,因此格外受到重视。台湾省的选手王宇佐在2001年澳大利亚公开赛青少年组获亚军,是台湾省参加满贯赛以来最佳成绩,可以说是省内网坛至今的一大成就。

这四大满贯赛各有特色:澳大利亚公开赛在每年1、2月举办,比赛时间最早。法国公开赛于5、6月在红土球场举行,适合奔跑速度快、耐力佳的选手,华裔选手张德培在1989年,曾以17岁之龄拿下这年的法网赛冠军。

温布尔顿网球赛每年6、7月举办,是满贯赛中最具传统的比赛,受重视程度也最高。由于赛场为草地球场,发球强、上网型选手最爱在此地出赛,像美国选手桑普拉斯。美国公开赛在每年8、9月举行,可以称得上四大满贯赛的压轴戏。

其他国际比赛

网球国际赛以**戴维斯杯**最为重要，它开始于1900年，最早是美、英两国之间的对抗赛，但随着网球的风行，欧洲、美洲、亚洲国家逐渐加入战局，如今已是遍布全世界分区、分级的大赛，加上主客场的设计，受到各国热烈欢迎。赢得戴维斯杯冠军的国家，就被视为这年男网界的霸主。

目前戴维斯杯比赛制度，分为两个大组，"世界组"由最强的16队组成，其他队伍则在各区进行对抗，各区则依实力分级。当年比赛结束后，世界组后八名将和亚大区第一级、美洲区第一级及欧洲区第一级A、B区的前两名，共16队再打一次资格赛，获前八名球队留在世界组，其他八队降回各区比赛。

相对于戴维斯杯，女网的国际赛就是**联合会杯**，不过联合会杯一直到1963年才开始举办，同样以实力分级的方式组成。目前的赛制，世界组共有八队，另有八队属A组，世界组首轮落败的四队，和A组前四名进行资格赛，以决定哪些国家有资格打世界组。其余A组球队，则是由各分区经角逐产生。亚洲、东南亚共15支队伍，可有1支冠军队打进A组。

奥运会虽然是世界最重要的综合性赛事，但在网球选手心目中经常远不如满贯赛受重视。网球原本就是首届现代奥运会八大比赛项目之一，但由于职业、业余选手认定问题，自第9届奥运会起停办网球，直到1988年汉城奥运会，才又重新成为正式项目。奥运会四年才举办一次，因此每次也都还能吸引不少顶尖好手参赛。

网球运动经过一百多年的发展，成为世界性的运动，其间的改良与发展，大多是通过三个运动组织来推动："国际网球总会"（ITF）、"世界男子职业网球选手协会"（ATP）、"国际女子网球协会"（WTA）。

国际网球总会是官方的世界网球组织，戴维斯杯、联合会杯的举办都经由他们来管理，世界性的变革也由他们议定及推动。ATP则是1972年由男子职业网球选手成立的自治组织，随后他们逐步建立了各项制度，规划每年ATP巡回赛，男子选手经由参赛累计积分与奖金。同样地，WTA议定女子选手球季赛事、规划积分与奖金事项。

我们平常所看到，某网球选手的"世界排名"，指的就是他（她）在ATP、WTA的积分排名，个人积分排名将会影响比赛签位、参赛资格等等，至关重要，这种方式也刺激选手全力求胜，以求赢得更好的成绩及排名。

网球规则

网球运动简单地说，就是不断地将球击到对方场地，直到对方无法在一次弹跳间，将球还击的比赛。比赛由发球展开，选手可以有两次发球机会，如果连续两次发球都未能达到规定，将被判"双发失误"，从而失分。

网球的计分有一套缘自宫廷的特殊术语，往往让初学者有时摸不清比分。每一局（game）为四分（point），0分时裁判员喊love，一分为15（fifteen）、两分为30（thirty）、三分为40（forty），因此所谓40:15，其实就是3:1的意思。比赛一般情况由先抢四分者胜一局，若先打成3:3则成为**"平分"**（Deuce），必须胜两分才能赢得一局。

网球定胜负的基准是盘（set），大部分比赛采用三盘两胜制，重要的男子比赛采用五盘三胜制。选手在一盘内先胜六局（或7:5），就可赢得一盘，一旦局数打成6:6，多数由抢七局定一盘输赢，有些大赛决赛则规定要胜两局才能赢得一盘，但并不常见。

顶尖选手经常都拥有惊人的发球爆发力，利用发球机会积极抢分，我们喜欢称他们是"发球型"选手，或封他们为"重炮手"。这些选手发出来的球速可达时速200公里以上，有时可以直接发球得分，称为**"爱司"**（Ace），就好像棒球的全垒打或篮球的灌篮，都是力量的表现。美国男网选手桑普拉斯及女网威廉姆丝姐妹，都经常靠发球打出佳绩。

网坛中擅长回击发球的球员并不多，美国的阿加西是其中的佼佼者。阿加西通常能准确地抓到球的落点，将球迅速回击给发球者。发球选手因刚完成发球动作，心里还想着如何抢攻，往往来不及应变，反被将了一军，而处于劣势。

但发球或回击直接带来冲击的情况，在网球场上毕竟较少出现，多数情况都必须双方多次来回对抽，攻击对方守备上的弱点，才能分出胜负。如何迅速赶到定点攻击、还击，也是网球场上一绝，我们喜欢称这方面擅长的选手是**"底线抽球型"**，他们靠速度和耐力来赢得比赛。

华裔选手张德培就被誉为"脚步最快的选手"之一，对手无论如何攻击，他都不轻易放弃，再靠对手自乱阵脚或疏于防范抢下胜利，是他过去曾连十一年至少每年一个冠军的最大本钱。

一般说来，网球无论单打或双打比赛，所呈现的是个结合力量、技巧及智慧的运动，看球员在攻与守之间的变换，底线互抽、网前对攻之间快慢轻重的变化，是球迷的一大乐事。有时一球处理上气势的来回，就足以影响整个战局，加上不同特色球员带来的不同效果，使网球运动始终受到欢迎。

软网

网球运动还有个"近亲"，就是软式网球，通常简称"软网"。软网是从日本发展的，19世纪末当网球传到日本时，因为当时所有器具都必须由国外进口，价格相当高，日本人就以一般的小皮球代替网球，发现成效不错，就此逐渐风行。

1904年，日本有四所大学一起研发出软式网球规则，并在1922年成立了第一个软网协会，推展这项运动。不过由于欧美早已习惯（硬式）网球，软网一直都只在亚洲地区较为风行，日本、韩国和我国台湾省可说是世界软网三强，中国大陆和蒙古水准也在逐渐提升中。

软网规则

软网的发展刻意和网球有些区别，硬式网球以单打为主，软网特别强调双打的重要性，**软网团体赛，比的是三场双打和两场单打，硬式网球通常是比四场单打及一场双打，两者有相当大的区别。**

软网的发球有特殊的规定，将场地分为四块，发球先发两次斜线后，再发两次直线。软网也有自成一套的计分方式，同样以四分为一局，3:3时经"平分"分胜负，一般单打比七局（先胜四局者赢），双打比九局（先胜五局者赢），时间上较硬式网球精简许多，体力耗费通常不那么大。

软网因为规则及使用球的不同，很少见到像硬式网球那种猛攻、强袭的打法，选手经常在处于被动时回击高球，换取更多的防守空间及时间，因此经常可以看到对打的双方慢条斯理互相回高球，以等待对方露出破绽，这是软网有时被评为节奏较慢的一大因素。

软网是个以双打为主的运动，因此两人间的配合和战术，是认识软网很重要的一部分。其中最常见的两人搭配，采用一前一后的站位，前排必须速度快，网前截击、高压杀球的技术纯熟，作为全队进攻主力，后排则须擅长底线抽球、挑高球，担任全队守备的主力。

有时候两名搭档不见得能如此配合得宜，也有出现"双底线"或"双上网"的组合，特别着重在进攻或防守，也能有特殊的效果。但无论如何搭配，基本动作的熟练及战术发挥，仍是软网决胜关键所在。

乒乓球

　　乒乓球于19世纪在英国出现时，不过是种休闲活动。当时英国有些大学生，在室内以餐桌为球台，模仿网球来玩，后来成为一种室内游戏。刚开始球的种类、大小都不固定，直到有人开始使用赛璐珞制的球，玩起来会有清脆的乒乓声，很快受到欢迎，并成为标准，也使这种运动被称为"乒乓"。

　　有趣的是，据说"乒乓"的名字因为非常独特，竟然被英国一家厂商申请专利，使得这项运动要在英国成立协会时，不得不另起新名，定名为"桌上网球"，习惯上简称"桌球"。在中国大陆还是喜欢称为"乒乓球"，在台湾省两种说法都常用。

乒乓球规则

由于源自网球，乒乓球的比赛规则和网球类似。但乒乓球场地小、反应时间短，因此规定发球时必须先接触发球方的桌面，过网后还要击中接球者的桌面，再由接球者回击。除发球外，击球都必须先在对手桌面弹一次，才是有效回击，对方也才能进行反击。一旦对手无法有效回击，自己就能得到一分，每局比赛先得11分的球员可拿下一局，一般是以七局四胜或五局三胜者获胜。

和网球相比，乒乓球双打的规定也有较多的变动，主要是发球方位及回击次序的规定。双打的发球要先触及己方球台的右半区，再击中接球者的右半区，才是成功的发球。之后，双方回击的选手都必须依顺序进行，不可有同一人连击两次的情况，否则也算失分。因此，乒乓球双打选手的默契特别重要，不但要击球，还得懂得适时躲开，以免妨碍同伴。

在19世纪20年代，英国是桌球的重镇，英国、德国与匈牙利，共同在1926年建立了"国际乒乓球联合会"，第1届世界锦标赛在隔年举行，匈牙利选手包揽了大部分的冠军。到50年代，女子也加入世界锦标赛阵容。这段时间，欧洲一直是乒乓球实力最强的地区。

随着日本、中国流行起乒乓球，亚洲很快展现出夺冠实力，19世纪80年代前后，中国已经成为这项运动的霸主。"亚洲乒乓球协会"在1972年成立，目前共有43个会员国家/地区，是亚洲重要而参与热烈的运动协会。

目前乒乓球最重要的比赛，大多数是由国际乒联主办的国际赛，包括世界锦标赛、世界杯以及奥运会比赛。当中历史最久的是世界锦标赛，目前是每两年举办一次。比赛共分七个项目，包括男子团体、女子团体，男子单打、双打，女子单打、双打及混合双打，每个奖杯都依捐赠者命名，别具特色。

奥运会从1988年开始，将乒乓球列为正式项目，设有男子单打、女子单打、男子双打及女子双打四块金牌。首届比赛，中国队就在全部十二块奖牌中包办其中九块，展现了雄厚的实力。

世界杯乒乓球赛直到1980年才开始，每年都举办，参赛的选手仅十六名，由国际乒联指定，其中各大洲单打冠军及地主可挑选一名选手。最早只有男子单打项目，从1996年才有女子单打的世界杯，在1998年举办的第3届女子世界杯比赛，当时正处颠峰的王楠摘得金牌。

乒乓球其他年度重要赛事，就像网球一样，都会事先排定巡回赛，设定不同的积分，依选手的成绩决定世界排名。台湾省蒋澎龙、庄智渊等好手都在这些赛事中交出过亮眼的成绩，世界排名都打进过前十名。2003年6月，庄智渊在巴西公开赛夺下生涯首度国际乒联职业巡回赛冠军，也使他世界排名打进前五名。

乒乓球的规则在近两三年来变动很大，主要是因为大赛都提供高额奖金，在重金刺激下，乒乓球已经变成一种高技术、快速度的竞赛，球速可以高达每小时160公里以上，有些比赛可能不到三个来回就能得分。迫使国际乒联多次检讨，宣布加大球的直径，自悉尼奥运会后改以40厘米的大球进行比赛，以增加乒乓球的可看性，正式规则也从过去每局21分制，改为目前的11分制，希望让比赛显得更为紧张、刺激。但有些中、小学比赛，暂时仍用21分的规则。

乒乓球是台湾省极为看好的重点培训运动，因为乒乓球选手并不需要特别强壮，重点在于动作敏捷、反应快、击球准确等条件，非常适合亚洲人发展。但也别以为乒乓球就是一味求快，也有一派"以慢制快"

的做法，就是削球，靠着让球不正常旋转，让对手难以控制球的落点、角度，从而发生失误。实际上，各国在乒乓球的技术上各有所长：日本在20世纪60年代发展出"弧圈球"与"海绵反胶球拍"；中国队则研发出"直拍近台快攻"与"长胶削球"的打法；近年来欧洲力求突破，努力结合中国和日本的技术，发展全面打法，以作为和亚洲抗衡的武器，也使目前乒乓球世界看来活力十足，未来恐怕还能创出更为有趣的局面。

羽毛球

　　羽毛球最早可追溯到公元5世纪的中国，包括日本、法国及印度等地，都出现过球拍互击绒毛球或毽子类的游戏。不过现代羽毛球的起源，仍在英国（英格兰），也同样是网球的衍生。1870年，英国出现以羽毛、软木做的球与穿弦的球拍，1873年，英国波弗特公爵在伯明顿庄园进行世上首次羽毛球赛，也是首度以"伯明顿"（Badminton）作为羽毛球的英文名称。

　　19世纪末，羽毛球的球场类似8字形，中央窄而两头宽，之后才改进成为长方形的球场。1893年，世界上最早的羽毛球协会——"英国羽毛球协会"成立，并与1899年举办了全英羽毛球锦标赛，是目前羽毛球历

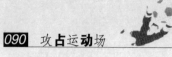

史最悠久的大赛。20世纪时英格兰、爱尔兰、新西兰等地开始有计划推广，"国际羽毛球联合会"在1934年正式成立，一开始有九个国家参与，印度、澳洲、美国等国家迅速加入会员。

英国一度是羽毛球的王国，不过第二次世界大战之后，亚洲的印尼、中国、马来西亚反而将这项运动发扬光大，加上欧洲的丹麦，共同主导着羽球世界。据统计，自从1934年之后国际羽毛球联合会所主办的比赛，中国和印尼包办了70%的金牌，是一百三十一个会员国中的佼佼者。

现代羽毛球的头部是塑胶或软木塞，球上装有14~16根塑胶或鹅毛的球羽，使球能飞得更高，不过球员要能准确击中羽球的头部，才能产生回击的弹力。羽毛球的特色是必须在空中击中球，不可让球落地，否则就将丢分。

别小看小小的羽毛球，它可能是速度最快的球类运动。根据测量，羽毛球球速最快纪录高达每小时260公里。选手必须练就发球、回击、救球等各项技巧，交互运用杀球和短球的战术，才能有良好的成绩表现。

羽毛球规则

正式羽毛球比赛中，必须拥有发球局才能得分，双打及男子单打每局抢15分，女子单打每局抢11分。不过有个例外情况，也就是在14:14平手时，先得到第14分的球员，可以选择加赛3分（先得17分者获胜），或维持原本先得15分胜的规则。同样地，女单在10:10平手时，选手可选择加赛3分（获13分者胜），或维持11分胜的规则。**这种加赛与否的选择，堪称羽毛球赛的一大特色。**

国际上最重要的羽毛球比赛，包括国际羽毛球联合会主办的"汤姆斯杯"（男子赛）和"优霸杯"（女子赛，也有人译为尤伯杯，Uber Cup），目前都是每两年举办一次，是羽毛球男子及女子最重要的国际赛。目前汤姆斯杯呈现亚洲独霸的局面，冠军杯几乎都是由印尼、马来西亚和中国轮流捧回。优霸杯原是印尼、日本及中国三强鼎立，但近来韩国急起直追，成为亚洲的新势力。

羽毛球另一项特别的杯赛是"苏迪曼杯"，这是各国展现整体实力的团体赛，比赛项目包括男子单打、男子双打、女子单打、女子双打及混合双打五项，比赛内容较另外两大杯赛丰富。

羽毛球同时也是奥运会项目，先是在1972年慕尼黑奥运会、1988年汉城奥运会，分别成为表演项目，直到1992年巴塞罗那奥运会，才成为正式比赛项目。

作为竞技项目，羽毛球有其迷人之处，但对更多人而言，羽毛球也是极佳的健身活动，男女老幼都适合，实际的运动量可视个人年龄、体质等因素来作调整，所需器材、场地也较其他球类运动少了许多。特别是，羽毛球需要运用许多细微的动作，像手腕的扭动、腰部的转动，当我们自己实际去体会时，常常才能发现其中的奥妙。

排球与沙滩排球

排球

　　排球是种既方便、简单又大众化的团队运动，它不需要太激烈的身体接触，又能让全身有效地活动，因此也能和篮球、棒球一样，成为校园内最受重视与欢迎的运动项目之一。在沙滩排球渐渐兴起后，更是大大提升排球作为休闲活动的乐趣，成为排球发展上的一大特色。

　　排球的发明时间和篮球相当接近，由美国人威廉·摩根首创。他在1895年发明这项运动，1896年起在

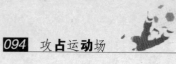

YMCA示范与推广，由于比赛特点和网球部分相似，就被命名为volleyball，我们称做"排球"。

原本排球刚诞生时，是在篮球场用篮球隔着网子互推，后来发现篮球实在过于笨重，就将其重量和体积都减轻，1900年第一批排球产生，大小、重量就已经非常类似现在所使用的排球。

一般室内正式排球比赛，都采用"六人制"，沙滩排球赛事每队只有两个人，不过排球刚开始的时候，并没有人数上的限制，只要场上人数相同就好。很难想像排球刚传到亚洲时，采用的是十六人制（四排，每排四人），经过十二人制、九人制的演变，美国在1918年之后就开始发展六人制比赛，不过亚洲国家大概到1950年之后，才以六人制的比赛为主轴。

据载，排球在1910年由美国人布朗传到亚洲及日本，欧洲的排球也是在第一次世界大战时，由美国军人所带入。1947年"国际排球联合会"成立，1964年排球正式成为奥运会项目。

排球规则

排球的基本规则并不复杂，简单地说，由攻方发球之后，各方最多有三次击球机会，必须将球回击给对手，同时，球不能在手中停留。如果未能接下对手来球让球落地，或者三次击球未能回击到对手阵地，又或回击出界，将会让对手得到1分。以往球队必须掌握"发球权"才能得分，但自2000年正式采用的新规则中，无论是否发球，都能得分。

新规则中，比赛采用五局三胜制，其中前四局先获得25分，并且领先两分以上的球队可胜一局，如果打成24:24则形成平分（Deuce），将战到两队差分两分为止。第五局仍维持旧制，先得15分并领先两分以上球队获胜。

排球规则中最大的特色是球员的"轮转"，场上六个位置，在一次互换发球之后，获发球权的球队，球员必须顺时针移动一个位置，因此每个球员基本上都会轮到每个位置，进行发球、接球、拦网、攻击等各种任务。

一般来说，排球赛会用到的一些攻防术语，经常和场上的位置有关，场上位置的了解成为认识排球的基本。以任何一队所在的半场来说，被中间的"三米线"区隔为二，场上六人依前、后排各站三人，也就是前排左、中、右及后排左、中、右共六人。习惯上前排攻势较多，后排主要担任防守。

当球队进攻时，位于后排右方球员负有发球、让球赛开始的任务。在发球权转换之后，下一次发球时，球员必须顺时针"轮转"，之前在前排右方球员将到后排右方，接手发球任务，其余球员也依顺时针递补位置，整个比赛都将依此顺序进行。

而在比赛报道中常提到每个人的位置，正是以他们所处发球的顺位来说明的。因此，后排右方成为1号位置，前排右、中、左依序为2、3、4号位置，后排左、中为5、6号位置，·正好是一个逆时针的旋转。

一般球队的进攻，经常是由前排左或前排右的位置发动扣杀，因此我们特别容易听到所谓的"2号位攻击"或"4号位攻击"，指的正是球员从前排右方或前排左方发动攻势，当然，"3号位扣杀"指的就是球员从前排中央强攻对手。

排球技术高度发展后，排球球员拦网的本事也愈加高超，只靠又平又快传球来进行快攻，已难以奏效，往往还必须配合"时间差""空间差""位置差"及其他半高球的传球搭配，及各种佯攻与掩护，才能展现灵活进攻，也让排球更具可看性。

排球从发球、接球、传球、（扣）杀球到拦网，战术的变化相当丰富而繁杂，但基本上若能对于球场上位置及快攻方式有了基础认识后，对于球场上状况掌握就不会太困难，其他如果读者有兴趣的话再自行深入了解，将会发现排球真的是个非常吸引人而富变化的球类运动，也是它受欢迎的最重要原因。

沙滩排球

　　沙滩排球虽然很像是近几年才开始流行的新活动，可别因此以为它真的是才出现不久的新兴运动，早在1920年，就已经有沙滩排球出现了。

　　1920年美国南加州地区，一些人想出沙滩排球这种健身兼娱乐的方式，作为家庭度假时玩耍的活动，再配上一旁的音乐与食物，当作放松身心的方式。原本只在美国加州地区流行，但很快就传到世界各地，1927年之前，它就成为法国天体营中最主要的活动之一。

　　1930年，沙滩排球在东欧国家蓬勃发展，并且重新带动美国的流行。当时美国人刚脱离"经济大萧条"，开始将工作、娱乐分开，而有更多海滩度假的时间，沙滩排球再次成为风潮。

由于这种发展背景，让沙滩排球一直以休闲、娱乐为发展重点，人们在赛场上争奇斗艳，更重要于比赛的技术与胜利。1957年，好莱坞女影星被选为沙滩皇后，并且献吻给冠军选手，也使得沙滩排球的受重视及欢迎程度更为提升。

在此之后，沙滩排球成为许多影视名流乐此不疲的活动，更进一步加深了这项运动的知名度与受重视程度。包括"披头士"等团体或个人，也都参与比赛或进行赛前、赛后表演，当然，会吸引更多的观众前来。

沙滩排球在1970年开始吸引到赞助商投入，提供高额奖金，让比赛变得焕然一新，到了20世纪70年代末期时，已经完全走向专业。1987年，国际排球联合会举办了首届男子沙滩排球世界锦标赛，之后又有世界系列赛，1993年女子世界锦标赛也开始举行。1996年沙滩排球列入奥运会项目，并在2000年悉尼奥运会进行第二次的沙滩排球奥运赛。

目前世界各地的沙滩排球发展，以美国、巴西最为普及而具水准，其次是欧洲沿海国家。亚洲地区因缺少这种背景，实力较逊一筹，而且多由已退役的排球选手转战沙滩排球，国际成绩因而较差。在亚、澳洲国家中，澳大利亚、日本、新西兰实力较佳。

沙滩排球规则

沙滩排球规则和排球规则大同小异，最主要的差别当然是比赛场地为沙滩，不过在比赛人数、赛制上也有差别，正式比赛采取两人制，另外也有四人制、三人制的比赛方式，取消了在室内排球赛一些球员位置的规定。

沙滩排球比赛有两种决胜方式，一种是单局制，必须掌握"发球权"才能得分，先得15分并超过对手两分者获胜，如打成平分，由先拿下17分的球队获胜。另一种三局两胜制，一样采用"发球权得分制"，先获12分并领先两分者赢一局，平分后先得15分球队胜。

由于比赛场地只有两人，防守上相当吃力，因此球员进攻上限制较多，在进攻回击时不可以手指吊球，球员如果想经过举球完成进攻时，举球必须与双肩连线垂直，否则将视为犯规，这两点可算是沙滩排球进攻上最大的特色。

如何让沙滩排球更加蓬勃，是这项运动面临的一大挑战，为求更具可看性，目前在选手服装上大力要求。例如女子选手必须穿着两截式比基尼出赛，而且必须是紧身上衣配上短热裤。依此趋势，沙滩排球未来恐怕还会和更多的休闲特质相结合，成为主流运动。

田径

　　跑、跳、投掷武器，是人类最基本的求生技能。等到人类不再烦恼生存问题后，这类活动才逐渐发展成为竞争激烈的体育运动，并藉此挑战我们身体的极限。这类体育竞技我们称为"田径运动"，可以说是所有体育竞赛的基本。

　　无论奥运会或者国内外各大型运动会，田径都是在主要场馆所举行的重头戏，不但奖牌最多，也最受重视。除此之外，创纪录更是田径赛不可分割的一部分，包括世界纪录、全国纪录、大会纪录等，在每次大赛后都被翔实地记载下来，让每个参赛者除了和其他对手竞争外，也和时间、距离挑战，以求最佳的成绩。

田径的日文叫**"陆上竞技"**，很生动地点出田径的一大特性，就是在陆地上进行比赛。进一步区分，以各种方式、器材所进行的跳跃、投掷等比赛，**用距离（高度或远度）来计算成绩的称"田赛"**；用赛跑、竞走等方式**以时间来计算成绩的称"径赛"**；综合计算部分田赛及径赛成绩，用积分定胜负的比赛则称**"全能运动"**。

田径最初的发展，固然和人类求生的基本技能相关，另一个带动田径发展的因素则是军事用途，因为这类跑、跳、投掷的技巧，也是军事上一项要求。但田径成为一项正式比赛，最早应是公元前776年于希腊奥林匹亚村举行的首届古代奥运会，当时比赛项目只有一项——短距离赛跑。跑道为一条直道，据说长为192.27米。之后才逐渐增加了跳跃、投掷等项目，有了基本田径赛的规模。

近代较正规的田径赛，最早是在校园间进行的，1864年英国剑桥、牛津两大学，就已举办了校际的田径对抗赛，田径的各种比赛形式，也多在英国慢慢建立规则。

1896年举办的第1届近代奥运会，田径就是最主要项目，并按照各单项设奖，这项运动随之普及。1912

年"国际田径协会联合会"（IAAF，简称"国际田联"）成立，1928年之后，奥运会增设女子田径项目，田径运动开始有全面及国际化的发展。田径赛是每四年奥运会的重点，除此之外，国际田联在1977年举办世界杯田径赛，1983年起改办世界田径锦标赛，每两年举办一次，也是世界最高水准的田径运动盛会。

径赛

　　田径赛最容易引起话题的就是径赛，尤其是男女100米项目，几乎都是各运动大会最受瞩目的大赛。像美国的格林、琼斯，都已是公认当今世界上跑得最快的男、女选手，不过男子短跑受限于身材及竞争激烈，亚洲选手较难在世界出头。

　　这类100米及200米比赛，被归类为径赛中短距离项目，瞬间爆发力及速度，被认定为赢得短距离赛的关键。400米项目一般也认为属短跑项目，尤其是现代选手的速度愈来愈快，400米的冲刺变得更为重要，不过相较之下，400米仍比100米及200米更加考验选手的耐力。

超过400米的比赛，我们称为"中、长距离的赛跑"，正式比赛中，包括800米、1500米、3000米、5000米及10000米。在这类跑步中，速度固然重要，肺活量及耐力往往更加关键。在中、长距离比赛时，"配速"更是每名选手必修功课，如何有效运用自己的身体条件，搭配呼吸、脚步及速度，往往就决定了每次比赛的最后成绩及胜负。

　　除了一般单纯的赛跑外，运动会也有障碍赛跑，包括3000米障碍、110米跨栏（女子为100米跨栏）及400米跨栏比赛。这类比赛，除要具备跑步基础之外，也须配合高超的跨栏技术才能创佳绩。跨栏可分三个步骤：起跑、空中跨栏及着地，三个步骤都很重要，一旦造成重心不稳或失去平衡的情况，都会影响速度发挥。

　　径赛另一种比赛形式是接力赛，以四人为一组，进行400米或1600米接力赛跑，如果是一般学校运动会，可能还会举办大队接力，作为最后凝聚各班向心力的大赛。接力赛的成绩不但和每名跑者的速度有关，棒子交接的技巧也影响比赛成绩，就算是最高水准的世界大赛，掉棒的情况也都屡见不鲜，而造成延误。

　　竞走是一项特殊的体育竞赛，规定支撑腿必须伸

直，而且不可有两脚同时离地的"腾空"现象，是竞
走和跑步最大的差别。从1956年起，竞走成为奥运会
正式比赛项目（包括20公里和50公里），女子竞走则直
到1992年奥运会才成为正式比赛项目，中国的陈跃玲
夺得首枚奥运会女子10公里竞走金牌。

由于竞走比赛身材条件影响较小，主要依靠技巧，
因此亚洲在竞走的成绩一向不差，尤其中国的女子竞
走发展蓬勃，具有世界水准。

田赛一般分为两大类，一是**"跳跃竞技"**（跳
部），包括跳远、跳高、撑竿跳高及三级跳远；另一类
是**"投掷竞技"**（掷部），有铅球、铁饼、标枪、链球
等。

跳远及跳高可以说是跳部的基础，以跳远来说，
助跑的速度及起跳的动作，是决定跳远距离的关键。

跳远、三级跳远及投掷竞技，正式比赛都会有六
次试跳或试投机会，依前三次最佳成绩，筛选出进决
赛的选手，再进行后三次比赛，以每位选手这六次成

绩最佳的一次，作为本次比赛的成绩。

跳高及撑竿跳高，则是在一定高度每名选手可有三次试跳机会，只要有一次跳成功，就可不断提升高度，直到三跳失败为止。和跳远不同，跳高必须将助跑的速度转化成上升的动力，因此起跳及起跳动作更为重要，另外，每名选手跨越空中横杆的动作也有不同，一般分为剪式、背越式、腹卧式三种，以背越式为目前主流。

掷部虽然主要依靠力量的使用，不过技巧往往才是高手们制胜的武器。另外值得注意的是，无论铅球、铁饼、标枪及链球，对越线的认定都相当严格，如果身体任何部分触及抵趾板，都将视为试掷失败。

全能运动与马拉松

田径运动中，最考验选手的比赛，通常属"全能运动"及"马拉松"。全能运动男子组为十项（四项属径赛，六项属田赛），女子组为七项（三项属径赛，四项属田赛），要在两天内密集比完，是体力、耐力及技巧的综合考验，因此我们也喜欢称十项运动的佼佼者为"**铁人**"。

马拉松是另一项累人的比赛，选手总计要跑42.195公里，如没有过人的耐力，并经过持续训练，几乎都无法达成。

纵观田径运动虽然项目繁杂，但其实都是跑、跳、投掷等最基本的运动技术，虽然在观赏上，可能比不上其他团队运动赏心悦目，却是最能体现运动核心及奋战精神的比赛项目。每名选手向自己的能力极限及纪录挑战，更是让我们这些旁观者感动和学习的最佳教材。

游泳

　　游泳是人类自古以来为求生存发展而学会的技能，衍生到近代，游泳不但成为增强体能的一种重要方式，也是一项受重视的体育活动比赛项目。

　　游泳比赛起源于英国，1844年伦敦举办了一项游泳大赛，有几名美国印地安人在那次比赛中，轻易地横越海峡赢得胜利，他们的游泳方式逐渐发展为目前的自由式。1875年一名选手韦布成为首位横越英吉利海峡的泳者，所采用的方法则是当时最流行的蛙式。

　　1886年雅典所举办的第1届近代奥运会，游泳就是最早的九项比赛之一。那次比赛，他们将选手丢在地中海冰水中，由最快游上岸者夺冠。当年拿下1200米冠军

的十九岁匈牙利选手哈约斯（Alfred Hajos）说："我的求生意志战胜了我赢得比赛的欲望。"可知当时比赛的危险性与简陋。

1908年伦敦第4届奥运会，成立了"国际泳联"（简称FINA），并审定了当年的世界纪录，制定国际游泳的比赛规则。游泳比赛最早的发展，都和奥运会密不可分。首届奥运会游泳不拘任何游泳姿势，到了1900年，仰式独自成为比赛的项目。1908年不但加入蛙式比赛，也开始设立女子比赛项目。

第二次世界大战之后，游泳开始在全世界有飞快地进展，1952年，国际规则正式将蛙式和蝶式分开，1956年墨尔本奥运会，蝶式正式成为游泳比赛项目。自此之后，竞技游泳正式确定了自由式、蛙式、仰式、蝶式四种比赛姿势。

每四年举办一次的奥运会，游泳与田径并列两大"金库"，奖牌数远高于其他项目，而备受重视。奥运游泳项目共分男、女各十六项比赛。其中自由式共有50、100、200、400米，以及女子800米和男子1500米比赛，蛙式、仰式、蝶式各分100与200米，另外还有混合的200米及400米比赛，以及400米自由式、800米自由式及400米混合接力赛。

由于奥运会无法满足各国游泳的快速发展，国际泳联在1968年决定，从1971年起，每两年举办一次世界锦标赛（原四年一次），举办竞技游泳、跳水、水球、花样游泳等项目，另外，每两年再办一次世界杯赛事，以使每年都有重大世界性游泳比赛。

游泳规则

以下介绍正式比赛的四种游泳姿势，也就是自由式、蛙式、仰式及蝶式。

自由式（Freestroke）原本是指除潜泳外，可采取任何泳式。选手全力求快之下，自然就采取最快速的爬泳（Craw1）来游，反而变成自由式惟一的姿势，因此现在一般使用上两者的意义大致相同。这是种将身体保持水平，利用两臂轮流划水、两腿上下打水而前进的游泳方式。

爬泳的发展有许多说法，最具代表性的一种，就是改良自斐济岛原住民的游泳姿势，称为"二踢法"，也就是打腿两次、划水一次，这是澳大利亚的自由式。

英国人陶德根在19世纪末期时，改良美国印地安人的游泳方式，称为"陶德根式"，也是种接近爬泳的

游法。首届奥运会夺得金牌的选手，几乎都采用"陶德根式"游法。爬泳逐渐发展之后，选手两腿打水的速度加快、频率增加，以演出《泰山》闻名的游泳名将怀兹米拉，将自由式带入"六踢法"的世界，象征美国自由式的兴起。

自1950年之后，手臂划水的动作愈来愈受重视，不断地有所改进，也让爬泳的速度愈飙愈快。关于两臂划水与打腿如何配合的讨论相当多，并没有一致的结论，不过自20世纪80年代之后，高肘划水的方式较为流行，也较受重视。

概略来看，目前多数的游泳选手采用的自由式，除了身体绝对要求保持水平、减低阻力外，多采用高肘、屈臂、曲线划水，短距离流行"六踢法"，打水浅而快，中、长距离较多采用"二踢法"，不过也有混合采用的趋势。也就是在刚出发或转身前，用"六踢法"加快速度，中途多使用"二踢法"稳定前进。

比赛时自由式、蛙式和蝶式，都是从池台上出发，跳入水中开始进行比赛。自由式的转身规定，只要身体任何一部分接触到池壁即可，因此多数选手都会在池壁前让身体回转，以脚踢壁完成转身动作。

蛙式（Breaststroke）可以算是人类最早发展出的

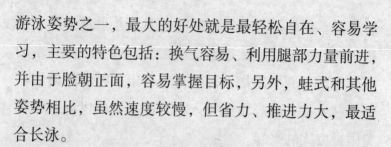

游泳姿势之一，最大的好处就是最轻松自在、容易学习，主要的特色包括：换气容易、利用腿部力量前进，并由于脸朝正面，容易掌握目标，另外，蛙式和其他姿势相比，虽然速度较慢，但省力、推进力大，最适合长泳。

蛙式不像爬泳采取两腿上下打动方式，而是利用膝盖弯曲，将收回的腿向后方外侧踢出，犹如画椭圆形般踢腿前进。两手则在水面或水面下，由胸前向前方伸出，之后以对称动作向后方划动。整体的游法就像青蛙在水中前进，因此被称作蛙式。

和其他游泳方式相较，蛙式比赛的规则条款最多，限制最严格。以往的蛙式可潜入水中，这样可提高速度，不过因危险性高，在1959年被禁止。现在除刚出发或转身后，第一次的划水和踢腿之外，都不可以潜水游法前进，在每次动作周期，头的一部分都必须露出水面。蛙式在转身触壁时，也限制必须双肩呈水平状，双手同时到达，并且必须同高度，否则就是违规。

现在流行的蛙式游法，称为"前跃式蛙泳"。选手在踢腿前进时，头部及上体前同时俯冲入水中（称"俯冲式蛙泳"），除此之外，快速划臂内收、缩肩，前臂收在胸前，并尽量由水面上向前伸臂，有如鱼类向

前跃进，是速度最快的蛙式游法。

仰式（Backstroke）就像是爬泳的变形，只是将身体翻转过来而已，无论是打腿、划水及手臂的交替动作，都和爬泳如出一辙，最大的不同是，仰泳将脸露出水面，以便呼吸。

只要手能在水中划动，就算是初学者也能漂浮一段极长的时间，因为不必换气，不会遭遇憋气的问题。不过仰泳是背向游泳，无法看到前方，比较难以保持一直线，在追求速度时会遇到较大的问题。

仰式虽然是古老的自然游泳方式，但前提是必须能正确地漂浮在水上，才有办法继续向前，重点是腰部要接近水面，如果腰部下沉于水中，不但身体容易沉没，也难控制前进方向。头部位置保持固定，不仅能保持一直线，也有助降低水的阻力。

仰式出发和其他泳式不同，出发前选手面向出发点，在水中抓住池壁或比赛用把手，排成一列。这时两脚包括脚尖部分，都必须在水面以下。仰式比赛在转身或完成比赛时，于手碰到池壁前，如果没有一直保持仰卧姿势，就算犯规。

蝶式（Butterflystroke）是由蛙式所衍生出的游法。1928年奥运会，德国选手马歇尔因为蛙式的规则太严，为了在不犯规情况下游得更快，而发展出蝶式游法。

蝶式和蛙式最大的不同之处，就是采用"海豚式打腿"，选手双腿并拢，以上下摆动打腿前进，由于酷似海豚在水中活动，而被称为"海豚式打腿"。蝶式的基本姿势复杂，是最难学习的游泳姿势。它和蛙式相同，都必须采用俯姿、两肩与水平面平行，两臂、两腿动作须对称的游法。

蝶式的划水动作，先左右张开后回复至内侧，但随即再向腰的两侧张开，提供前进动力，有点像画钥匙孔。两腿就以海豚式打腿，双腿并拢、膝盖弯曲，以脚背打水前进。整体动作看来略像蝴蝶飞舞，而被称为蝶式。

蝶式游法，由于手臂露出水面后反作用力的影响，会造成腰部下沉，而使前进时呈上下摆动的情况，成为蝶式的一大特色。不过如果上下摆动幅度过大，反而会阻碍前进的速度，因此技术好的选手会维持身体仅在水面上起伏，至于手脚的搭配，常以手划一次、脚踢两次方式前进。

游泳是一种在水中挑战速度的比赛，选手无不费尽力苦思减低阻力、增快速度的方法，因此不断地将

游泳规则活用到极限、改良姿势，而使每名选手游泳方法各有千秋，以求配合自己的体型、力量，达到最快速度。在每次的游泳大赛，几乎都会有多项纪录被打破，正是追求高速度游泳比赛的一大特色。

水上竞技

　　水上竞技目前已经成为奥运会等重大体育竞赛中不可或缺的大戏。除游泳之外，主要的项目包括跳水、花样游泳和水球等等。

跳水

　　跳水是一种展现美感的运动项目，它是从跳水器械上跑跳，并完成空中动作后，以特定动作入水的运动，也是奥运会正式比赛项目之一。

　　跳水的起源其实很久远，人们在学会游泳之后，就有了简单的跳水活动。公元前5世纪的古希腊花瓶上，就有描绘一群可爱小男孩头朝下做跳水状的图案，我国在宋朝也出现了名为"水秋千"的物品，其实就是一种简单的跳水器械。

跳水在17世纪的欧洲，成为运动选手在水上练习时的绝技。1900年一名瑞典选手在奥运会上做了精彩的跳水表演，则被认为是近代竞技跳水的开始。1904年第3届奥运会，男子跳水就已列为正式比赛项目，1908年正式制定了跳水比赛规则，到1912年，增加了女子跳水项目。

跳水运动需要优雅的身段及丰富的体能，同时也得有过人的勇气，跳板或跳台离池数米，选手必须自高空一跃而下，触及水面时，时速可高达55公里，技术及勇气的要求相当高。

传统上，每次跳水比赛会有七名裁判员，评分的重点先后为：准备、起跳、动作执行的完美程度，以及进入水面的角度。技术高超的选手，最强调动作上翻腾及转体的速度要快，压水花的程度也要求愈小愈好。

现代竞技跳水分**跳台跳水**和**跳板跳水**两种，跳台在坚硬无弹性的平台进行，高度分为10米、7.5米及5米三种，跳板则在一条有弹性的板子上进行，分1米及

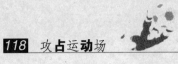

3米两种高度。每次比赛，完整的动作包括助跑、起跳、空中技巧及入水四个阶段。

一般观众经常觉得跳水者动作五花八门，似乎无规则可循，其实我们可以从三个重点来观察选手所做的整体动作。**首先是起跳的方向和动作结构**，跳板跳水以此分向前、向后、反身、向内和转体五个组别；跳台跳水除这五组动作外，再加上臂立跳水一组，也就是我们如果看到有人在跳台上倒立准备跳水，采用的就是这组难度最高的跳水方法。

其次是跳水动作的姿势，共分四种：A式（直体）、B式（屈体）、C式（抱膝）、D式（翻腾兼转体），其中翻腾兼转体的难度自然较高。**最后会影响动作难度的是翻腾与转体的周数，可能是半周、一周、一周半等等。**这三个重点其实都记录在动作名称编号上，选手起跳前，大会会先报出动作的编号，观众就可知道选手即将做的各种动作。

跳水最著名的一次比赛，是1988年的汉城奥运会，美国队"跳水王子"洛加尼斯，在试图做出高难度的反身翻腾两周半时，头部不慎撞及跳板，当场血流如注。但他在缝了数针之后回到场上，反而后来居上，赢得跳台及跳板跳水两枚金牌。

近年来最有名的跳水好手，几乎清一色为中国选手，从熊倪、田亮到桑雪、伏明霞，都以精湛的跳水技术打开他们的知名度。悉尼奥运会新增的双人跳水，也几乎都由中国队拿下金牌，可以看出其实这项运动相当适合亚洲人来从事。

花样游泳

花样游泳可以说是最赏心悦目的水上运动之一，它是一种集合游泳、音乐、舞蹈、协调性等多方面技巧于一身的比赛。它的英文名称 synchronized swimming，直译是"同步游泳"，点出这项运动最重要的一个特点：选手必须同步动作。

花样游泳最早起源于欧洲，在1920年开始于加拿大，在1930年初期传到美国，到40年代及50年代，成为受到广泛欢迎的运动。它原本是将集体游泳加上漂浮、转动与队形变化而成，加拿大与美国更搭配上舞蹈、音乐和节奏，发展为目前的比赛方式。

1948~1968年，花样游泳成为奥运会表演项目，直到1984年洛杉矶奥运会，才成为正式项目。目前花样游泳以女子参赛为主，奥运会共举办团体与双人两个项目的比赛，其他比赛有时也会有单人项目的竞赛。

一般观众有时会觉得这种运动既优雅又不费劲，其实选手在水下的努力，远比我们在水面上看到的多得多。它需要许多的装备，才能让选手在水面上表现得轻松自在。她们必须套上鼻夹，才不会进水，并在水里待得更久，还要抹上胶质、化妆，以保持她们在水中的优雅。除此之外，她们还要戴上耳机，才可以在水下仍听到音乐，保持动作同步。

花样游泳由规定动作和自选动作两部分组成，国际游泳联合会每四年公布一次规定动作，共分六组，比赛时依抽签决定演出动作。规定动作强调的是基本技术，因此，比赛时强调稳健、圆滑，能达成动作上的要求。自选动作才需要音乐伴奏，重视创新及艺术性，能有效融合艺术表现和动作技巧。

花样游泳评分有点像花样滑冰，由两组各五名裁判员负责评分，一组裁判员给技术分数，一组评艺术分数，最高分为10分。

花样游泳近年的发展，以美国、加拿大水准最高，不过两队主力在1996年亚特兰大奥运会退休后，俄罗

斯、日本的水准急起直追，悉尼奥运会就是俄罗斯队
获团体金牌。

水球

　　水球对多数的国人来说，是项陌生的运动，也很
少看到，但它却是奥运会自初期就有的正式比赛项目。
这种运动有些像是水上玩足球，也略带橄榄球的面貌，
发展至今，已兼具橄榄球的积极与冲撞，以及足球的
细密战术。

　　这项运动源起19世纪中期，很快就受到欢迎，不
过当时是在湖中及河中比赛，和如今的情况大不相同。
当时人们最喜欢的战术之一，就是藏球后钻入水中，
偷偷摸摸进攻，在众人不注意下攻进球门。

　　水球发展成为正式运动，主要归功于1880年之后
苏格兰人的大幅改良，随后流行于整个欧洲。1900年
男子水球就成为奥运会正式比赛项目至今，到了2000
年悉尼奥运会，才首度列入女子水球，格外受到关注。

　　水球比赛规则，每队上场7人，包括守门员1人。
比赛时间为28分钟，分4节进行，每节7分钟，两节后

休息2分钟，并交换场地，场外替补球员6人。传球时必须用一手抓球，不可用拳头或双手掷球，看着球员用单手持球来传球和攻门，颇能展现水球所强调的力量及美技的结合。

冬季运动

　　在多数欧美国家，冬季运动相当风行，甚至必须特别办个冬季奥运会，让这些好手有机会展现他们的技艺。了解这些运动，将有助于我们欣赏这些选手高水准的演出。

滑雪

　　人们在学会使用轮子前，早在公元前四千多年前，就已经会使用滑雪板了，在19世纪之前，滑雪板还是雪上主要的交通工具。到19世纪末，挪威人开始将滑雪发展成为运动，法国人则是因战争的需要，在阿尔卑斯山设立滑雪特殊军校，再从战争的需要，设计出比赛的规则。在这两大传统下，滑雪运动的两大"门派"——"**北欧式**"及"**阿尔卑斯式**"分别诞生。

大家较常见到的**滑降赛**，是阿尔卑斯式的一个主要项目。选手从山顶上沿着滑道疾行而下，下降高度800~1000米，距离为2.5~4公里。除直行外，部分地方必须转弯，并通过规定的旗门。一个旗门由四根旗竿两面旗组成，置于路线两侧，与滑降方向垂直，男子比赛为红色，女子比赛为红蓝两色交替。选手比赛时，滑行速度可以达到每小时100公里以上。滑道坡度愈高，难度愈大，是相当费体力的运动。

阿尔卑斯式另一重头戏是"**回转滑雪**"，分为大回转及小回转两种项目，后来又发展出超级回转（super G）。它的特色在于坡度不像滑降赛那么陡峭，但路线曲折，设有相当多的旗门，必须依序通过。旗门是由两根相距8米左右的红、蓝旗竿构成，选手必须双脚通过两根旗竿之间，才算顺利过关，否则成绩将视为无效。

大、小回转的差别在于路线安排及旗门数目。大回转比赛旗门数不超过30个，选手需要较快速度通过，大角度转弯，小回转的速度较慢，主要考验灵活度，旗门间的距离很近，选手必须不停地转弯，男子组赛事可以多到55~75道旗门。

快速滑雪是阿尔卑斯式速度最快的比赛，选手在笔直的滑道上快速下滑，全力飙速，目前只限男子参赛。比赛所用的滑道表面平滑，全程1700~1800米，一流选手滑行的速度可以高达每小时220公里以上，不会输给赛车的速度。

北欧式可能没有这样的速度感，但却显得更贴近自然。**"越野滑雪"**就在天然的雪地上进行，有上、下坡及平地各类变化，比赛距离依奥运会规定，男子组为10、15、30及50公里，女子组分5公里及10公里，另有接力赛方式，这类比赛犹如雪地马拉松，主要考验选手的耐力。

北欧式另一大类是**"跳远"**，选手不用雪杖，以最快的方式从跳跃台顶端滑下，进行两次跳跃，并计算距离，以总和成绩来决定名次。另一种方式，要求选手的准确及跳跃姿势，依选手出发时腾空姿势、着地姿势以及距离，由5名裁判综合评分计算成绩。

所谓北欧**"复合式"**竞赛，就是综合越野赛及跳远的比赛，先依跳远的名次排定出发先后，计算分数。

另外也举办越野赛，比较选手滑行的速度，最终依照两项比赛的表现计分，决定名次。

随后发展出来的花式滑雪，包括"蒙古式滑雪"和"特技跳跃"，是1986年世界滑雪锦标赛才加入的新项目。蒙古式赛程为250米，整个滑道上布满雪堆，男选手要在限时35秒、女选手限时45秒，需转弯60次。每次比赛两名选手同时进行，并有音乐伴奏。特技跳跃则是在三四米的小跳跃台上，进行各式跳跃表演，依高度、姿势、难度来给分。

 滑冰

滑冰、溜冰，我们经常不去区分其差别。不过一般说来，溜冰指的是用"轮子"来前进，而滑冰是以"冰刃"滑行，也是相当受欢迎的冬季运动项目。我国在宋朝时已有滑冰的游戏及比赛，滑冰运动最早比的是速度，但美国人在19世纪中将芭蕾舞搬上冰地表演，产生了花样滑冰，逐渐成为最赏心悦目的滑冰比赛。

花样滑冰包括单人、双人两类表演方式，另有冰上舞蹈的表演（也是双人表演）。早在1908年就列为奥

运会比赛项目，到1924年冬季奥运会另外举办时，就归入冬季奥运会项目。进行比赛时，同时强调技巧和艺术两层次，分开评分，比赛搭配音乐进行，滑冰技巧和音乐间的配合，经常是艺术得分时的重要因素。

单人花样滑冰比赛，包括短节目和自由滑。短节目及自由滑有较多的变化，也占较大的比分。短节目比赛时间为2分40秒，必须完成包括8个指定动作和连接步编排而成的节目，如果未能做出指定动作，将遭扣分。自由滑是比赛的压轴，占分也最重，表演长达4分钟（男子为4分半钟），由选手自由发挥。

双人花样滑冰比赛包括双人短节目及双人自由划。必须是一男一女搭档表演。动作要求上除单独的跳跃、旋转演出之外，还加上双人撑举或旋转，比起单人表演往往更富变化。**冰上舞蹈**也是一男一女的表演，相较于双人花样，冰舞更强调舞蹈，而非滑冰的技巧。比赛分为规定舞蹈、创编舞蹈及自由舞蹈，以华尔兹、探戈、伦巴、狐步等为标准。"国际滑冰联盟"每年举办各类比赛，依舞步难易度区分"金舞""银舞"及"铜舞"三级，由选手分别参加。

除了以表演为主的花样滑冰外，另一类滑冰的重点在竞速。**短跑道速滑**看上去有点像冰上的径赛，选手在400米长的环状滑道上互拼速度，比赛距离也有短、中、长程的差别，犹如一般的径赛。另一种室内的短距离赛，总长仅110米，数名选手同时出赛，格外显得刺激，而且常因摔倒而影响成绩。

冬季运动其实种类繁多，但还是以滑雪、滑冰最受欢迎，笔者相信，大家若对这些比赛的特色及方式多些了解，一定会喜欢上这些既好看又能展现人类极限的各项竞赛。

体育最大盛会——奥运会

　　全世界最重大的体育赛事，也是体育界的最高荣誉，就是每四年一次的奥林匹克运动会。在各体育项目中，只有精英中的精英，才有资格参与奥运会比赛。每位参赛选手，不但要有天赋，还必须不断地苦练、自我突破，才有机会拿下奖牌。

　　古代奥运会的起源众说纷纭，也牵涉许多的神话与传说。据说过去奥林匹亚所在地"伊利斯"城邦的国王伊菲道斯，为了找出国家不受侵略的办法，请教著名的预言家比弟。比弟提议，要想避免战争，必须恢复诸神所喜欢的运动会。伊菲道斯随即去见斯巴达国王力古尔格，获得支持，并将伊利斯定为中立国，保障了此地的和平。伊菲道斯非常高兴，在公元前884年，展开了庆祝和平与感谢诸神的运动会，因为是在奥林匹亚举行，称为奥林匹克运动会。

伊菲道斯为奥运会修建了一个长215米、宽30米的椭圆形体育场，体育场跑道长192.27米，据说刚好是"大力神"脚长的600倍。自此，古希腊各城邦之间若发生战争，而仍在奥运会期间，双方都要放下武器，去观看奥运会的比赛，以显示对神灵的尊敬。因此，奥运会也成为古希腊规模最大、范围最广的体育盛会。

但在罗马人并吞了希腊之后，罗马人并不像希腊人这么爱好体育，只喜欢竞技活动，藉此下赌注娱乐。因此古代奥运会日渐衰微，到公元394年，罗马帝国皇帝狄奥多西认为这是异教徒活动，下令禁止举办奥运会。

经过约1500年历史的变迁，19世纪起，欧洲的英、法等国运动风气兴盛，从英国的校园开始，各种运动联盟陆续成立，法国也在19世纪末出现重振体育的声浪。领导人顾拜旦公爵为了激发人们的兴趣，提议恢复举办奥林匹克运动会，获得回响，1896年在雅典举办了第1届现代奥运会，顾拜旦因而也被尊称为现代奥林匹克运动之父。

1896年4月6日，希腊国王乔治一世正式宣布第1届

现代奥林匹克运动会开幕。在开幕典礼中，演奏了一曲庄严的古典管弦乐，由撒马拉斯作曲，盛赞奥林匹克运动。1958年东京奥运会上，将它定为国际奥运会会歌。为了表达人们对和平的向往，开幕式结束后，人们把象征和平的鸽子放到天空中，也成为以后所有运动会的必备仪式。

首届奥运会比赛项目有田径、游泳、举重、射击、自行车、古典式摔跤（希腊—罗马式）、体操、击剑和赛艇9项，但赛艇因气候不佳而取消。那时短跑只有百米项目，起跑姿势千奇百怪，最奇特的是美国选手柏克，他将两手撑地，屁股高高翘起，逗得观众哈哈大笑。但柏克却从起跑后迅速甩开对手，赢得该届百米冠军，成为奥运史上第一个"飞毛腿"。当然，经过后来的研究，目前几乎所有的短跑选手，都采用这种蹲踞式起跑的动作。

历经艰难后重生的奥运会，刚开始几届并未受到太多重视，有些国家将它办得像杂技表演，比赛公平性也受到一些质疑，加上第一次世界大战、世界经济萧条等环境的冲击，办来格外辛苦。爱热闹的美国人，以隆重而盛大的方式举办1932年洛杉矶奥运会，使奥运会出现新的举办模式。自此，大量资金的投入、众

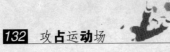
多的设备及教练员，成为奥运会不可或缺的部分。

战争的阴影，从20世纪30年代后笼罩着奥运会。纳粹德国将它作为展现国家实力的表演，随着第二次世界大战的进行，1940、1944年两届奥运会都未举办。战后奥运会继续进行，逐渐展现新的生机与活力，规模愈加盛大，只是因国与国之间仍关系紧张，不免有零星流血、冲突事件发生。

1972年慕尼黑奥运会，开始用行销手法包装奥运会，吸引着世人的关注，但却出现巴勒斯坦激进组织，闯入选手村抓走以色列选手并杀害两人的事件。这些巴勒斯坦人逃亡途中与警察发生枪战，造成1名警察、5名巴勒斯坦人及所有9名以色列人质死亡的悲剧。自此，奥运会的安全问题，成为每个主办国最须注意的重点。

几年之后冷战时期的到来，让几届奥运会都感染着浓厚的政治味，不过各国也更懂得如何运用主办国的优势，来创造商业利益，电视转播也扮演更加重要的角色，让奥运会愈办愈盛大，受到各国一致的重视。得奖的选手，不仅赢得专业上的荣耀，成为全国的偶像，也为自己赚得更多的利益。

但过多金钱介入也使比赛变得更复杂，选手为求胜利，服食禁药的情况愈来愈严重，是奥运会亮眼成

绩与明星选手光芒下，不能不注意的问题。这也使得许多人批评目前的商业奥运会，已经愈来愈脱离原本举办奥运的精神。

从带动体育风气的目标以及满足运动迷收视的观点来谈，奥运会的确是愈办愈成功了。特别是从1984年洛杉矶奥运会之后，开放让职业选手也能参赛，而大大提升了比赛的可看性，像1988年职网选手参赛带动的人气、1992年美国职篮"梦之队"引领的热潮，让每届奥运会都能注入些新的活力。

除近代奥运会的复兴之外，从1924年起，又有"冬季奥运会"的举办，让原本只是零星出现在奥运会的冬季运动像滑雪、滑冰、冰球等比赛，得以另外举办，同样享有奥运会的荣耀。不过从1994年之后，由于资金问题，冬季奥运会不再与夏季奥运会同年举办，而是晚两年，同样每四年举办一届。

经过一百多年的发展，奥运会于2004年回到其诞生地雅典，但已经远远超过刚创办时的艰难步履——仅13国、311名选手的规模，成为近两百个国家/地区、上万名参赛者的激战，也是全世界注目的焦点。少了些当年"友谊"的意义，多了点商业色彩，就像这一百年来世界体育发展的情况。

第三部分

休闲与自我

自我挑战篇

现代人对体育的要求，逐渐转向身心休闲及自我极限挑战，成为各类新兴运动的特色。人们把握难得的休假日，到保龄球馆、台球馆寻求放松身心，或者到户外表演各类极限运动绝技，甚至希望挑战大自然的重重考验，走出狭窄闭塞的空间，体育成为现代人休闲的最佳选择。

台球

　　台球在欧洲是带有贵族气息的高尚运动，但在我国台湾看，过去很长一段期间却被当成是叛逆青少年的游戏。不过靠着爱好者组成协会努力推广，加上本地选手在比赛中的优异表现，现在的台球不但是受欢迎的休闲活动，也是我们参加亚运会等竞赛的夺牌重点项目。

　　台球的起源有许多种说法，从一些文字记载可确定的是，中古时期欧洲宫廷已经流行台球游戏。最早是在户外草地举行，在地上摆上两个圆形的石头，用弯曲的棒子，一端扛在肩上，一端去碰撞石头。后来为避免淋雨，逐渐演变为在室内台球桌台进行。

台球在不同的国家发展出不同的游戏方式，循三种主要潮流进行。18世纪，英国人想出在桌上挖洞的方式，让球落到洞中比赛得分，最初是在中央及桌子的四角挖洞，之后球桌改为长方形，挖洞处就改为四角及长边中央，共计6个洞，成了现行台球的原形。英式台球"司诺克"（Snooker），便由此发展而成。

法国人的玩法不使用球袋，而是把以往两个球比赛的方式，多加一颗红球，母球撞击两个子球得一分。法语称之为Billiard，意思为球杆或撞击，英语为Carom，中文译为**"开仑"**。目前法国及西班牙等拉丁语系国家仍盛行打开仑为主。

英国人将台球传到美国后，美国人想出许多新奇的玩法，最后又将球台做了许多改变。因此美式台球的球桌虽然也设球袋，但球桌较小，比赛方式也不同，称为Pool（可能和美国人喜欢在比赛下注有关），也有称Billiards或Pocket Billiards，台湾省常称做"花式台球"。

台球规则

早些年在台湾省流行的是英式台球——**司诺克**，

球桌上共一颗白球、六颗色球及十五颗红球，选手必须先打进红球，才能选择得分较高的色球，未能将球打进球袋中，就换对手击球，最后得分高的选手获胜。司诺克必须打得精准，才有机会得高分，同时不能碰壁、不能跳球、不能双脚离地，对绅士风度的要求高，呈现出皇室游戏的气质。

目前最受欢迎的则是美式**"花式台球"**，特别是**"9号球"**比赛。选手依顺序进攻1~9号球，打进9号球就胜一局，在进攻、防守上都有比较大的自由度，使打球时可加入更多的创意，也有许多运气成分在内，更增添悬念。台湾省"9号球"比赛不但愈办愈盛大，而且新人辈出，在国际赛中也有不错的成绩。

其他常见的花式台球比赛，最基本的是14-1（Fourteenone），场上15颗子球可任选手作为目标，但需事先声明，并指定击落的球袋，所以我们常说"指定球指定袋"，指的正是这样的规则。当14颗子球进袋，场上只剩母球及一颗子球时，就重新排球，比赛继续进行。另一种"8号球"比赛，将1~7号球称小花球，9~15号球称为大花球，双方决定自己要击落的花球种类后，必须将这类球完全打进球袋，才能攻击决胜的8号球，赢取这局的胜利。

"开仑" 在台湾省虽较不风行，但也是釜山亚运会的比赛项目，是许多初学者开始练习台球的方法。开仑的玩法不使用球袋，比赛采用的"开仑之三颗星"玩法，使用两颗母球及一颗子球，在撞击子球后，母球必须撞击颗星三次或以上，才得到1分。

　　台球可以说是一学就会的运动，但要获得好成绩，通常必须要注重身体姿势的正确，以及撞击与瞄准的精确度。进阶之后，就必须着重战略的选择，来提高比赛中获胜的机会。

　　专家认为，正确的基本动作包括四个要点：第一，把握球杆的重心，从而正确掌握球杆；第二，决定身体的位置，前倾时仍能保持平衡；第三，决定脚的位置，维持身体稳定；第四，架杆，伸直左手架杆来支撑球杆。当身体能保持平衡，稳定而顺利出杆，母球才会依自己所想的方式击出，而不会听到奇怪的撞击声，看着母球莫名其妙地滚动，自己面临扣分的命运。

击球技巧

　　常看台球比赛，将会发现高手们总是能将母球、子球打到自己所想的地方，其实这些技巧都是练出来的，常见的基本技巧像：

一、上旋球：母球在击中子球（第一目标）后，仍跟随子球前进，到达所想要的位置。所击的子球可能再去撞击其他子球（第二目标），将其击入袋中。上旋球最重要的技巧，是撞击母球的上方。

二、抽球：与上旋球相反，用球杆撞击母球下方，使母球在击中子球后，朝相反方向倒退，而回到我们所想击球的位置。

三、薄球：当直接撞击难以将子球击进球袋时，我们可能选择撞击子球的某个侧边，让子球朝特定的角度前进，终而进袋得分。

总之，台球的一大乐趣，就是自己能随心所欲控制母球，又能准确地将子球击进球袋，让自己有种特别的成就感。不过，要记得遵守球场礼仪，不要干扰别人击球，尤其不要耍弄球杆，打到无辜的旁观者或击球者，可能就没有人要跟你一起打台球了。

高尔夫

　　长久以来，高尔夫因为场地、球具费用高，一直被当成贵族式的运动。但近年来这项运动的人口快速增加，年龄层也有降低的趋势，特别是青少年优秀选手愈来愈多，逐渐发展成为现代人喜爱的休闲运动。

　　和大多数运动一样，高尔夫最早的起源已难以考究，不过多数人都同意，近代高尔夫的发展起源于苏格兰。1754年5月14日这天，一群苏格兰人正式发表了高尔夫十三项规则，为高尔夫的发展奠定了基础。这项运动在英格兰、苏格兰一带相当风行，之后又流传到欧洲大陆及美国。发展至今，高尔夫最特别的地方在于，它已成为商场上生意人的重要活动，很多生意都是在边打高尔夫时边谈成的，这是其他运动所少见的。

高尔夫规则

高尔夫比赛胜负，是依每个人击球的总杆数来排名。**正式比赛场地有十八个球区**，将球顺利击进球洞，就完成一处赛程，并计算所用杆数，而我们也习惯以"第几洞"来称呼选手正在进行的赛事。一般说来，每一洞从开球到球洞距离，约在100～500米，18洞全长6公里左右，看球场如何设计。**正式比赛会进行 4 天，总计 72 洞赛程。**

高尔夫比赛的杆数，通常是以实际的出杆数来计算，但在某些特别的情况下，例如击球出界、犯规，或者击到某些地点不得不用手放球，乃至于将球击到找不到了，都必须加算杆数，称为罚杆。

在球场的每一洞，通常都会设定"标准杆（数）"，指的是具备专业水准的选手，正常发挥时预期可能使用的杆数。高尔夫很习惯用相对杆数来评量成绩，"平标准杆"是合理的表现，"低于标准杆"算是优秀的表演，"高于标准杆"通常不会令选手满意。一场比赛的总杆数，对照场地的标准杆，大概就知道实际表现的好坏程度。

高尔夫是一种非常重视礼仪与规则的比赛，因为它最初的发展，原本就是欧洲贵族间的游戏，展现风度与公平竞争最为重要，球技反而是其次。甚至于，全场比赛个人表现成绩，由选手自己在记分卡上填写，于赛后缴交，没有特定的记分员，显现出对选手充分的尊重与信任，选手也以尊重他人、遵守规则为荣，难怪高尔夫能发展成为社交的球类活动。

不太熟悉高尔夫的旁观者常常想不通：只不过是击个球，为什么每个人总背着一大袋的球杆，而且在挥击时常常为了选球杆花一大段时间？这主要是因为每种球杆有其不同的特性，挥击后可击球的距离不同。一般说来，常见的球杆有木杆、铁杆和推杆，其中木杆最长，击球距离也最远，推杆最短，主要是在果岭上使用，以求精准地将小白球推进球洞中。不过球杆使用也因个人习惯而定，没有特定的法则。

别看高尔夫只是挥击球，在场上走动，似乎没什么趣味。但酷爱高尔夫的玩家可是经常不惜巨资，而且凌晨三四点就起个大早，只求打个九洞、十八洞解解瘾。高尔夫其实也是种自我挑战，特别是一旦将球

保龄球

　　走进热闹的保龄球馆内，电脑计分清晰地展现荧屏上，宽敞明亮的空间搭配全天候空调，给人现代化的感觉。这几年保龄球的兴盛，让它成为非常普及的休闲运动，男女老少都能乐在其中，这使得很少人注意到，保龄球其实是相当古老的运动。

　　在距今7200年前的古埃及坟墓，英国考古学家就已发现可称为保龄球雏形的木制球瓶和球，因此有人说，埃及才是保龄球的发源地。此外，公元三四世纪，在欧洲大陆也发现过各式各样的保龄球具，似乎人们早已开始玩起类似保龄球的游戏。

　　从公元第6世纪之后，保龄球在历史上消失了一段时间，也使得保龄球实际的起源众说纷纭；可以确定的是，在公元12世纪左右，英国、欧洲大陆等地又流行起保龄球。中世纪时期的德国，则将保龄球视为一种宗教活动，将球瓶比喻为"恶魔"，利用扔击球瓶展现自己宗教的信仰，因此，保龄球运动还另有"打击魔鬼"的别名。

保龄球当时都只有九支球瓶，之所以转变成目前十球瓶式保龄球，也有个有趣的说法。据记载，在1840年美国康乃狄克州，非常盛行以打倒的球瓶数来赌博，而遭州政府明令禁止。有人为了取巧，就创造了十支球瓶的比赛方式，未料大受欢迎，反而成为后来的主流。

1988年汉城奥运会，首度将保龄球列入表演赛，1992年一度列为正式比赛项目。台湾省由于保龄球发展迅速，实力相当具水准，也成为参加各类国际运动会的夺牌主力。

保龄球之所以大受欢迎，并培养出雄厚的夺标实力，最根本的原因在于它易学、容易了解。任何没玩过保龄球的人，很快就知道如何将球投出，甚至击出全倒而兴奋不已。当然，如果要达到高水准球技，还必须苦练并熟悉各类技巧。但正由于它是项强调休闲

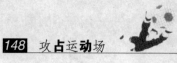

也重技巧的运动，每年代表国家出赛的选手，有二十岁不到的年轻好手，也有四十岁以上的壮年选手，可看出它的普及性。

保龄球规则与计分方式

正式保龄球比赛，包括个人赛、双人赛和团体赛等方式，团体赛又有三人、四人、五人一队的组合，可说相当多样。大多数比赛会需要更换球道，以维持比赛的公平。一般都是在计分桌的左、右两个球道进行比赛，比赛时每人投完一格（frame）后更换球道进行，但欧式比赛会在投完一局 （十格）后才更换球道。

初学者也许会对保龄球的计分制度感到难以理解，其实这种方式是为了增加"全中（Strike）"的计分优势。每张计分表上可看到十个大框，代表比赛共进行十格，每个大框上各有两个小框，代表每一格有两次的投球机会。

在每格投球时，如未能一次击出全中，还有第二次投球机会，原则上两次投球所击倒的球瓶数，就是这格的得分，但有两种情况时将获额外的加分。第一种是全中，也就是第一次就将球瓶全数击倒，将可获得下两次（非两格）击球的额外加分。第二种称为"补中（Spare）"，选手在这格第二次出手时才将球瓶全数击倒，可获得下次投球的加分。

举例来说，如果选手在第一格击出全中，第二格分别击倒八支球瓶及一支球瓶，那么他首格的得分是10+8+1=19分，第二格共获9分，所以两格总分28分。加分过程中如果连续出现全中，分数照样继续累加。保龄球规定如果第十格击出全中，将可再获两次击球机会，因此。如果十格十二次出手都是全中，可获300分满分，这也是每位保龄球选手所追求的目标。

比赛从拿球到球击中球瓶整个过程中，虽然有许多规定，但出现的情况很少，其中最重要的是不能踩线。在球出手后，参赛者身体一旦越过限制线，将被判为越线，这时无论击中几支球瓶，都将视为零分。虽然好友聚在一起玩耍，多半不拘泥这些小细节，不过养成好习惯，总是对自己程度的提升有帮助。

各种球路

该如何让保龄球全中的几率最高？这是每位保龄

球选手都想解决的问题。除了要求出手更为准确之外，聪明的球员们想出各种出手的招式，以求更高的命中率，其中直球、大曲球、小曲球、飞碟球就是我们常见的球路。

直球可以说是每位选手最基本的功课，让球笔直地往球瓶区滚动，只要出手摆动正确，很容易命中目标。但是因球和球道的摩擦、放球的力道等因素，经常无法照我们所构想直线前进，只要瞄准稍有偏差，投直球很容易残留球瓶，使成绩无法提升，因此是最容易学却最难打好的球路。

有了直球的基础之后，许多人会开始练**小曲球**（hook，又称钩球）。小曲球在开始时如同直球般前进，但在到距目标约1米~30厘米处，球会向左转弯，以斜角度撞击球瓶。靠角度及向前、向横滚动的力量，使小曲球可产生强劲的冲撞威力。

大曲球（curve，又称曲球）在球离手后，就会以大幅度的曲线路径撞击球瓶，横向旋转力较小曲球更强，但若缺乏适当的指导及练习，大曲球不仅投不好，还容易受伤。打大曲球、小曲球时手指的负荷较其他球路大，为避免受伤，曲球的专用孔常加上防护设计，就是"指套"，来避免手指的负荷，减少受伤和长茧的情况。一般欧美的好手，多喜欢靠大小曲球球路来提升成绩。

台湾省好手多钟情**飞碟球**，这也是自创的球路。球在球道上会呈逆时针旋转，被击中的球瓶因而会横向倾倒、弹跳，很容易连续打中其他球瓶，而造成全倒。飞碟球的路径和直球相似，仅在最后才稍有弯曲，它和其他球路最大的差别在于，投出时别种球路是手掌向上，掷飞碟球却必须手掌朝下。由于看来像掷骰子，因此也被昵称为sibala。

在忙碌的现代生活中，保龄球是种能有效消除精神压力，并弥补平时运动不足的休闲活动，因此可以看到各类年龄层、各行各业的人们在球馆内休闲。由于保龄球球道紧紧相邻，因而相当重视礼仪，只有大家相互体谅，不妨碍他人，才能彼此都尽兴而归。

极限运动

作为现代人，传统"追赶跑跳碰"的运动项目，似乎渐渐无法满足大家爱刺激、求冒险的精神，人们开始离开运动场，走向户外、挑战自我，展开各项冒险活动，各类"极限运动"（extreme sports）就此应运而生。不过当时这些运动各自发展，并没有统一的名称。

就在1993年一个星期天的下午，ESPN的节目部总监西米欧（Ron Semiao）突发奇想，何不将这些广受欢迎的运动合而为一？他认为这些运动有其他运动无法取代的竞赛特质，所以把这些总结成"极限运动的奥林匹克"。ESPN的管理阶层随后就把他的想法付诸实现，将这些运动具体分为九种竞赛类型，共27种比赛项目，X-game自此正式产生。

1995年在美国罗德岛，举办了首届ESPN极限运动会，竞赛项目包括高空弹跳、花样滑水、花样跳水、特技单车、登山车、滑板及自然挑战赛等等，创下了这类节目的新典范。这次比赛的现场直播也吸引了超过72万的收视观众，证明了极限运动受欢迎的程度。

ESPN透过电视频道强力推展极限运动，参赛的选手快速普及。据美国运动资讯公司调查，最近六年来，极限运动已成为北美、西欧等国家成长最快速的新兴运动。这项调查结果也显示，参与极限运动以年轻人居多，35岁以下的族群占了90%。

在这股极限运动的风潮下，相关的国际组织陆续成立。国际奥委会针对这种趋势，1996年及2000年奥运会，特技直排轮的两项比赛被列入表演赛，未来这两个项目很有机会成为正式的奥运会项目，极限运动的影响力及魅力由此可见。

以下就介绍国内最熟悉的三项极限运动：滑板、攀岩及直排轮。

滑板（Skateboarding）

你曾有过想飞的冲动吗？滑板虽然不能让我们真正地飞翔在空中，不过那种冲刺的快感，可是不少年轻人的最爱呢！

滑板的起源大约可溯及20世纪50年代的美国加州，由于加州的冲浪运动相当盛行，有人开始想在陆上模拟这项运动，将木板装上溜冰鞋的轮子，在陆上滑行，不过并未受到太大欢迎。60年代时滑板一度被大量生产，形成一股热潮，但由于是以金属制成，滑行并不顺畅，之后又不再受到欢迎。

70年代之后又一波滑板热出现，这时的滑板采用密封式轴承，以橡皮轮制成。以前的轴承一滑起来容易产生噪音、浸水会生锈，新技术改良了这些缺点。80年代这项运动更加蓬勃，玩出不少新花样，但由于场地缺乏，产生不同的两种运动形式。

有些人喜欢上场地耍花样，就在自家后院用木板盖起简单的场地，也就是大家常见的U形板玩法。没办法找到合适场地的玩家，开始"街头运动"，创造出许多克服街头障碍的玩法。

发展至今，滑板玩家们已自成一个大民族，拥有自己的文化、流行、运动风格及偶像，大家不但比技术，也比器材、比图案，甚至研发出专门的滑板服装，不过最重要的还是靠着滑板运动，体验冒险、自我挑战的精神，不害怕跌倒，跌倒后仍然爬起来继续练习。

但是千万记得，没有一步登天的事，要想享受滑板冲刺的滋味，还是必须从基本学起，注意安全，才能循序渐进，获得成功。

攀岩（Sport Climbing）

你是否曾经因为到处爬上爬下，而遭到父母的斥责呢？有时候到处乱爬的确不安全，不过聪明的人们将攀爬的本能发展为攀岩运动后，反倒发现乐趣无穷呢！

攀岩运动的兴起，最早可追溯到18世纪的欧洲登山运动。当时登山流行所谓的"首登"，也就是挑战过去别人未曾到达过的山峰，成为史上第一位登上某座山峰的人，变成每位登山者的最大目标。

当各座高山峻岭逐渐被人类攀登成功后，所剩下可以挑战的目标，几乎都是悬崖峭壁，不具备专门的攀登技巧，就无法到达顶峰，因此就开始有人深入各项攀岩技巧的研究，发展出一套手脚并用的攀登技术。不过刚开始时技术及器材上都相当简陋，直到第二次世界大战前后，为应战争的需求，军队开始发展攀登技术后，攀岩的方法才有大幅度的进步，成为目前攀岩运动主要仿效的对象。

20世纪70年代的法国，开始将攀岩当作一种运动项目。虽然一开始大家普遍认为这是只有专家才在行的运动，但短短三十年间，在欧美国家，攀岩很快就成为大众化运动，人们从其中体验到自我挑战的成就。

由于攀岩有许多有关安全的顾虑，人们在80年代又设计出人工岩场，利用玻璃纤维、砂及树脂合成物等等，做出人工的岩块，减少了一些天然环境下攀登的危险，也可作为初学者起步的开始。

目前国内已有许多大学乃至于中、小学，都设有室内外的人工岩场供攀登用，一般性的比赛，也多在人工岩场进行。多数比赛可区分为两种方式，一种称为"速度赛"，另一种称为"难度赛"，难度赛的特点依选手攀爬的方式及高度给分，速度赛则以计算时间为主。

直排轮（Aggressive In-line Skating）

直排轮其实是从溜冰发展而来的运动，北欧国家由于气候严寒，因此很自然发展出溜冰的运动方式。18世纪以来，就有人陆续改良溜冰鞋，将冰鞋加上滑轮，以利在马路上奔跑。经过一百多年的发展，19世纪60年代美国人发展出四轮并排的溜冰鞋，在纽约、波士顿、芝加哥等大城市流行。

和直排轮有关的另一项运动是"冰上曲棍球"，原本球员们都穿着冰刀进行比赛，不过在20世纪80年代的明尼苏达州，球员们为了能在球季末继续练习，想出将冰刀取下换上轮子的方法，这种鞋子就成了现在直排轮的前身。美国人发现这种直排轮比传统溜冰鞋更加平稳，技巧变化更多，因此接触它、喜爱它的人也就愈来愈多。

相较于造型较简单的滑板，直排轮的装置就显得复杂许多，必须用鞋带或扣环绑紧在鞋子上。记得靠近脚踝及中间的捆环要绑紧，脚才不会在鞋内滑来滑去，造成运动上的不便。

同样地，练习直排轮也应该从基本动作开始，学会一般的前进、后退和煞车后，才进行跳跃、转身等具难度的技巧。直排轮的比赛和滑板类似，也有U形板及各种克服障碍的比赛，在空中冲刺、飞翔也不输给滑板。但由于直排轮不像滑板，较不受场地限制，因此上路时更应注重安全规则，故"国际直排轮滑协会"提出以下几个重要的准则：

一、聪明滑行

● 记得穿上你的护具——头盔、护腕、护肘、护膝。

● 学会基本技术——滑行、停止及转弯。

● 保持你的装备在最佳状态。

二、合法滑行

● 遵守所有交通规则。当在街上滑行时，必须设想自己像是在路上骑脚踏车，注意交通状况并遵守规则。

三、保持警觉

● 任何时候都必须能妥善控制直排轮。

● 注意路上的障碍物。

● 小心路上的积水、油污及坑洞。

- 注意交通状况。

四、注意礼貌

- 靠右侧滑行，从左侧超车。

- 要超过别人时，记得提醒对方，例如大喊："我要从你左方通过了。"

- 优先礼让行人。

自我挑战
越野赛

　　这是绝对不适合青少年从事的运动，但是，你可以开始梦想，有一天，或许你也能完成这样的赛事：在沙漠中，骑数小时的骆驼狂奔到海岸，和海边的惊涛巨浪搏斗，坐上独木舟划行数十公里，接着背起厚重的装备，跑到高山下，在夜色中攀岩到山顶……总之，你要在十天左右，完成数百公里的艰苦路程，全程可能睡不到十小时，你能完成全程吗？

　　人类是很奇妙的动物，永远不知道满足，发展运动也是如此。有了马拉松，觉得不过瘾，于是想出铁人三项，来测试体能极限，算是以下所要介绍"自我挑战越野赛"的前身。选手必须能海泳3.8公里，随即骑自行车180公里，再长跑42.195公里的马拉松距离，才称得上"铁人"。

这就够了吗？1989年在新西兰，担任"巴黎—达卡"拉力赛（一种极艰难的沙漠越野赛车）播报员的杰拉德，将铁人三项结合拉力赛，设计出"高卢挑战赛"，选手要在严峻的地形，经历重重考验，完成数百公里路程，使用各种非机械式交通工具，像徒步、骑马、游泳、攀岩等方式，力求抵达终点。这种比赛方式将运动结合冒险，成了目前非常流行的新式运动——"极限冒险赛（Adventure Racing）"。

极限冒险赛是一种极度考验体力、意志的艰难竞赛，参赛前绝对要有充分的准备，即使如此，未能顺利完成全程都是正常的情况，因为比赛中有太多的因素是赛前无法预期的，而且要面对身体、心理最深层的恐惧。但也正因如此，若果真能自我突破，健康而安全地抵达终点，那种奇妙的成就感，绝对不是一般运动可以达到的。

另外，这类的比赛多会选在风景优美、挑战难度高的环境举办，参赛者能充分体验大自然的美丽、奇妙和险恶，就连像我们这类一般观众，看着挑战者历经种种困难，除了感受他们的体能与勇气外，也能学

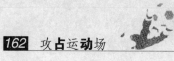

会在大自然面前更加谦虚，人类毕竟还是非常渺小的。

这类比赛在我国台湾省最常见而知名的，都是电视频道所制播和设计的比赛，一是"Discovery频道"的《体验大自然》（Eco-Challenge）比赛，另一项就是"国家地理频道"与"动感亚洲杂志"的《自我挑战越野赛》：因为国家地理频道持续在亚洲办理这样的比赛，在台湾省也办过，因此我们也比较习惯以"自我挑战越野赛"，来称呼这种结合挑战极限与冒险的艰苦比赛。

这种比赛没有一定的规则，完全看比赛方式的设计及当地情况而定。多数时候，主办单位甚至不会让参赛者知道全程内容，参赛者必须一关关发挥潜能，尽全力朝终点前进。而且，这种比赛多规定以团体来报名和进行，因此，选手除要自我挑战外，也要学着相互合作、彼此帮助，才有办法完成全程竞赛。

没有充分准备，根本就无法在这种比赛中有任何表现。1998年的"穿越摩洛哥"赛事，一群纽约客满怀兴奋来挑战这项运动。结果是，开赛的骑骆驼赛事，就有人被摔到地上，之后又在荒野中迷路了好几个小时，等到全队四个人都到达第一站时，天色已暗，又因摔伤无法马上游泳。等休息过后，第二天划独木舟前行，因遭浪击翻船退回原点，最后因一名选手体温降低严重，仅25小时就被迫放弃比赛，完全低估了比赛的高难度。

其实，这样的比赛除了对选手来说是严格考验外，主办单位在安全与救护上，都必须事先有完善设计，而且也会非常忙禄，因为大自然什么时候会产生什么变化，任谁也无法精准预期。狂风巨浪中，随时会有选手翻船、撞伤、失温，让选手能在尽量安全的情况下自我挑战，绝对是这类比赛必定要做到的。

一般说来，这类比赛有几个项目，是几乎可想像一定会有的，如长跑、长泳，原本就是必备的技能。独木舟、骑马、攀岩、绳降，通常也都少不了，同时，环境的状况大多不好，不只是地形险恶，经常还有巨浪、暴风、大雨，都是选手必须面对的挑战。

有时候，比赛也不一定非得长达数天，经历数百公里。在我国台湾省所办的"自我挑战越野赛"，就是个相对较小型、不那么大费周折的赛事。但这并不是说，它就容易完成，包括台北市长马英九、前篮球好手李云翔，都曾参加在复兴乡举办的比赛，而未能成功。只有充分准备、小心应对，还得有些许的运气，才有机会完成这种高难度的自我挑战赛。

作为这种比赛的观众，其实也是非常过瘾的，特别是当你看到选手历经艰辛，而后终于达成目标的那一刻。对他们来说，暂时性的比赛是结束了，但同时也是他们生命体验的另一个起点，难道不是吗？

竞技
啦啦队

许多运动都能同时展现力与美，让人觉得紧张刺激、浑身带劲，但如果同时还想感受青春活力、热情洋溢，乃至于美丽大方，恐怕除了"美式竞技啦啦队"（cheerleading）所展现阳光般的魅力外，很少运动可同时具备这么多特色。

早期的部落社会，为激励部落里外出打仗或打猎的战士，通常会举行族人欢呼、手舞足蹈的仪式来鼓励战士，可说是"cheer"的原意。19世纪的美国人，将它带到运动场上，最后又将这项活动发展成为独特的运动。

这一切开始于普林斯顿大学的美式足球赛，一位

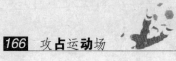

叫皮伯勒的学生，号召了6个人在场边狂吼猛叫，为自己学校的球队加油，在1884年他又将这套作风，带到明尼苏达大学的校园。1898年11月2日，第一位啦啦队"队长"出现了，一位叫康伯尔的学生实在是兴奋过度，索性跳到观众前方，让大家跟着他加油呐喊，为球队鼓舞士气。

这种大家现已习以为常的加油方式，当时并不多见，明尼苏达大学很快组成一支啦啦队，还编了一曲"战歌"，在20世纪初开始风行在校园。到了20年代，随着美式足球的流行，啦啦队也蓬勃发展，而且他们不再只是大吼大叫，也使用各种"道具"，像鼓、各类乐器来制造噪音，让比赛更加热闹。

从现代的角度很难想像，刚开始的啦啦队竟然清一色只有男生，从1920年之后，女生才慢慢成为啦啦队的成员。明尼苏达大学开始将体操引进啦啦队表演中，并出现了队形变化和字幕。之后经过几十年的发展，女生在啦啦队的角色变得愈来愈重要，渐渐地，变成男生操作各种体操高难度动作、女生表演舞蹈，成为高度结合力与美的团队运动，也成为美国各级学校最风靡的一项体育项目。

别看啦啦队表演队员总是脸上挂着微笑，表情轻松而姿态优美，这项表演实在是个不折不扣的运动。整个过程中，表演者必须欢呼、跳跃、舞蹈、变换队形、展现体操动作、搭档演出特技，还要共同排出金字塔，没有足够的体力与耐力，还成不了啦啦队的一员。

美国学校对于啦啦队更是要求严格，因为啦啦队象征精神、振奋、团结、热情等特质，他们要求队员在人格特质必须搭配，需要重团队荣誉、积极、活泼与热情等，而且必须课业名列前茅。所以，当人家了解你在校担任过啦啦队员，都会另眼相看，格外重视。美国几乎各级学校、各类职业球赛，都会组织啦啦队，非常看重这类运动。

亚洲的日本从1980年后开始大力发展这项运动，不过却将它发展为纯粹女生为主的运动，而依然也吸引了各级学校热烈参与。不仅大学、高中，他们也将活动带往小学生、幼稚园，学习这项运动的人口快速激增。在2分30秒的团体竞技中，日本充分发挥他们的特性，尽管许多高难度的技巧不如美国人，但他们整齐划一的动作，另外形成日式表演的特色。

但在追求最佳表现的前提下，投入啦啦队运动还是有许多必须注意的地方。首先是安全的要求，因为现在资讯较发达，我们很容易观赏到国外高水准的表演，若是依样画葫芦就模仿这些动作，而不去了解如何练习、如何注意安全，常常收到反效果。另外，一些专业的装备也是必需的，就像啦啦队专用鞋，能够给选手更多的保护，我们也才能持续安全而愉快地投身啦啦队的世界。

/ 附　录 /

大型运动会比赛时间（以2003年9月为基准）

奥运会／四年一次（约7、8月）／前次：2000年悉尼（澳大利亚）／下次：2004年雅典（希腊）

冬季奥运会／四年一次（约2月）／前次：2002年盐湖城（美国）／下次：2006年都灵（意大利）

亚运会／四年一次（约7、8月）／前次：2002年釜山（韩国）／下次：2006年多哈（卡塔尔）

东亚运动会／四年一次（约7、8月）／前次：2001年大阪（日本）／下次：2005年澳门（中国）

世界大学生运动会／两年一次（约8月）／前次：2003年大邱（韩国）／下次：2005年Izmir（土耳其）

重点赛事比赛时间（以国际赛为主）

篮球

世界锦标赛（男）／四年一次／前次：2002年美国／下次：2006年日本

世界锦标赛（女）／四年一次／前次：2002年中国／下次：2006年巴西

亚洲杯（男）／两年一次／2003年中国哈尔滨

亚洲杯（女）／两年一次／2003年日本仙台

琼斯杯／一年一次／举办时间不固定

棒球

世界杯/改为每两年一次/前次：2001 年中国台北/下次：
     2003 年古巴

洲际杯/原则上两年一次/前次：2002 年古巴/下次：2006 年
     中国台北

亚洲杯/两年一次/前次：2001 年中国台北/下次：2003 年日本

足球

世界杯/四年一次/前次：2002 年韩、日/下次：2006 年德国

欧洲国家杯/四年一次/前次：2000 年比利时/下次：2004 年
     葡萄牙

亚洲杯/四年一次/前次：2000 年黎巴嫩/下次：2004 年中国

橄榄球

世界杯/四年一次/前次：1999 年威尔士/下次：2003 年澳大
     利亚

亚洲杯/两年一次/前次：2001 年泰国/下次：2004 年中国香港

网球

戴维斯杯/每年/以主客场方式进行

联邦杯/每年/以主客场方式进行

（四大满贯赛）/**澳大利亚公开赛**/约每年 1、2 月
     /**法国公开赛**/约每年 5、6 月

/温布尔顿网赛/约每年 6、7 月
/美国公开赛/约每年 8、9 月

软网
世界锦标赛/不确定/前次：1999 年中国台北/下次：2003 年
　　日本

乒乓球
世界锦标赛/两年一次/前次：2003 年巴黎/下次：2005 年上海
亚洲锦标赛/不确定/2003 年曼谷

羽毛球
汤姆斯杯/两年一次/前次：2002 年广州/下次：2004 年印尼
优霸杯/两年一次/前次：2002 年广州/下次：2004 年印尼
苏迪曼杯/两年一次/前次：2003 年荷兰/下次：2005 年北京
世界锦标赛/两年一次/前次：2003 年英国伯明翰/下次：
　　2005 年美国洛杉矶

排球
世界女排大奖赛/每年 7~9 月/分站举行
世界女排锦标赛/四年一次/前次：2002 年德国柏林/下次：
　　2006 年
世界男排锦标赛/四年一次/前次：2002 年阿根廷/下次：
　　2006 年

沙滩排球

世界锦标赛／不确定／前次：2001 年维也纳／下次：2003 年巴西

田径

世界锦标赛／两年一次／前次：2003 年法国巴黎／下次：2005
年芬兰赫尔辛基

世界田径室内锦标赛／两年一次／2003 年英国伯明翰

游泳

世界锦标赛／两年一次／前次：2003 年西班牙巴塞罗那／下次：
2005 年加拿大蒙特利尔

保龄球

世界锦标赛／四年一次／2003 年马来西亚

亚洲保龄球巡回赛决赛／约每年 1 月／新加坡

高尔夫／（**四大赛**）／名人赛／约每年 4 月

　　　　　　　　　／美国公开赛／约每年 6 月

　　　　　　　　　／英国公开赛／约每年 7 月

　　　　　　　　　／PGA 锦标赛／约每年 8 月

自我极限挑战赛

Discovery **体验大自然**／每年择地举办

国家地理频道动感亚洲自我挑战赛／每年择地举办

徒手伸展操 示范◎张恬嘉·陈楸燕

一、肩颈伸展

1. 自然姿势站立，将左耳向左侧肩膀靠近。

2. 右侧肩膀下压。

3. 左手弯曲，以左手掌轻扳头部下压。

4. 伸展右侧肩颈部位，一侧停留约 20 秒后换边进行。

*注意事项：站立时请缩紧腹部。

二、肩部绕环

1. 双手掌向肩部靠近。

2. 手肘指向上方，靠近脸颊、耳朵进行绕环运动。

3. 经过最高点后，手肘尽可能朝向后方。

4. 夹紧肩胛骨后，将手肘下放完成一完整的肩部绕环运动。

*注意事项：配合呼吸，手肘上旋时吸气，下放时呼气。

三、手臂与体侧伸展

1. 将左手过头弯曲，触碰对侧肩膀。
2. 右手抓住左手肘伸展手臂肌肉。
3. 向右侧弯曲伸展体侧肌肉。

＊注意事项：缩紧腹部，勿将腰部过度
　弯曲。站立时请放松膝关节，避免锁
　膝。如腰部不易控制可改以坐姿代替站
　姿。

四、背部伸展

1. 自然姿势站立，膝关节微曲。
2. 双手顺着腿部下滑，身体向前弯曲。
3. 将身体放松，手部自然下垂。

＊注意事项：手部务必顺着腿部下滑，以
　减少腰背负担。膝关节须弯曲，切勿直
　膝进行此动作。

五、腿后肌群伸展

1. 双脚打开肩宽，身体面向前方站立。

2. 左腿屈膝，并将右脚伸出，脚尖向上。

3. 臀部后翘使身体与大腿的夹角缩小。

4. 身体前倾并将双手置于支撑腿上，伸展
   腿后肌群。

*注意事项：挺胸夹背，而非收胸弓背。骨
   盆与身体面向前方，以重心后七前三的
   方式做动作。

六、小腿肚伸展

1. 双脚打开肩宽站立。

2. 将左腿向后大步跨出呈现弓箭步姿势。

3. 身体微微前倾，使身体与后腿成一直
   线，并将双手置于前腿上。

4. 后腿膝关节尽量伸直，并将脚跟下踩。

*注意事项：双脚脚尖皆朝向前方。前腿
   膝盖切勿超过脚尖。缩下巴、挺胸、收
   腹、夹臀以保持体线。

七、前大腿伸展

1. 双脚打开同肩宽，身体面向前方站立。

2. 重心移向右脚，左腿向后弯曲并以左手握住踝关节。

3. 双腿膝关节尽量靠近，并紧缩臀部伸展前大腿。

*注意事项：保持挺胸、缩腹、夹臀，勿过度弯曲腰部。站立腿微弯勿锁膝，如不易平衡可扶墙进行。

八、转体运动

1. 两人背对背站立（膝关节微屈）。

2. 尽可能固定髋部，转体与对方击掌。

3. 停留约两秒后转回正面，再换边进行。

*注意事项：下半身尽量固定不动，如找不到对手，可背对"墙角"采用触墙的方式进行。

（资料来源：中国台湾省"行政院"体育委员会网站）

版权声明

图书在版编目（CIP）数据

攻占运动场/刘祥航著．–北京：人民体育出版社，
2004
ISBN 7-5009-2690-1

Ⅰ.攻…　Ⅱ.刘…　Ⅲ.体育运动–基本知识　Ⅳ.G8

中国版本图书馆 CIP 数据核字（2004）第 097609 号

*

人 民 体 育 出 版 社 出 版 发 行
北京冶金大业印刷有限公司印刷
新 华 书 店 经 销
*
850×1168　32 开本　5.625 印张　85 千字
2005 年 2 月第 1 版　　2005 年 2 月第 1 次印刷
印数：1—6,100 册
*
ISBN 7－5009－2690－1/G·2589
定价：12.00 元

社址：北京市崇文区体育馆路 8 号（天坛公园东门）
电话：67151482（发行部）　　邮编：100061
传真：67151483　　　　　　邮购：67143708
（购买本社图书，如遇有缺损页可与发行部联系）